趙敢的歌
和他的哭泣

張道文 著

目次

戶口　005
將城市與農村割裂的戶口制度，是中國大陸特有的景觀，淪為二等公民的農村人渴望進城，曾是人生最大的夢想。

1+1　089
這是一道數學題，然而，它的和絕不是2。我們墮入這個文化怪圈，已有兩千年之久，拔足而出的明天，對於當下的我們，似乎仍是那麼遙不可及！

趙敢的歌和他的哭泣

162

他的歌，是他的弟弟和他的兒子，但是弟弟自殺了；他的哭泣，是他的父母和他的妻子，然而妻子將他遺棄……淚盡之時，他的歌依然那麼嘹亮！

戶口

1

這一年是王洛到城裡的第五個年頭。

五年前，他沒能考上大學。他所在的觀音壋鎮中學，那一年剃了一個光頭。他們是這所中學的最後一屆高中生，之後，這個鎮辦中學就只有初中部了。

王洛那天去看榜，他的名字排在最前面，然而卻是用黑字寫成的。上一屆考取了五名，當時是用黃色的廣告顏料寫的，五名之後才是墨水寫就的字。他們這一屆全在黑名單裡。王洛比錄取分數線低了六分。

王洛不知道自己是怎麼走出那破破爛爛的校門的，他更不知道自己將怎麼走進自己遠在十里之外的那個家，怎麼面對那些不懷好意的眼神；怎麼面對自己的父親，怎麼面對因為自己而輟學的弟弟！他坐在學校邊的一個小土包上，默默地望著曾經熟悉的校園，淚一遍遍地爬出來，又一遍遍地慢慢風乾……

王洛曾發誓要讀出出息來的，這個誓言現在破滅了。

很多記憶在一九八九年是那麼地清晰，清晰得讓人一想便心驚肉跳。那一切，只因他父親是一個地主的兒子，曾經讀過三年的「子曰詩云」。在中國這樣一個國度，這種身分，實在讓人沮喪。

他父親在「吃肉不吐骨頭」的血淚控訴中，最後不得已入贅於他的母親。入贅是讓人看不起的，而以地主兒子的身分入贅就更讓人看不起了。

他母親所在的王兒嶺沒有地主，唯一與地主沾邊的只有他父親。那時候以「階級鬥爭為綱」，他父親便是那根「綱」了。每次「抓革命，促生產」時，他父親就成為促生產的動力。

王洛的哥哥是被王兒嶺的貧下中農們從初一的教室裡揪回來的。「狗日的，過去他老子讀書，搞文化剝削，現在他兒子又想搞文化剝削不成?!」那一年，他哥哥十三歲不滿。王洛的姐姐要讀書時，母親說：「算了，一個女伢，讀了也是別人的人；再說，沒讀兩天別人又要說搞文化剝削了，又要挨鬥！」母親說著，眼淚便掉成了斷線的珠子。父親倔強地梗著脖子，只是一句話：「我不能讓我的姑娘成個睜眼瞎。」

他姐姐讀到小學三年級，最終頂不過大會鬥、小會批，又是扎、又是打，還是退了學。粗重的農活把她稚嫩的腰壓成了一輪彎弓，讓村裡人十分滿意。王洛該到生產隊出工的時候，父親的父母親，也就是王洛的爺爺奶奶，這時被「恩賜」了兩頂「摘帽地主」的頂子，而他父親卻什麼也沒有。他父親原本什麼就沒有，可他卻糊裡糊塗地一直享受著與他父母同等的待遇！

這一「恩賜」，讓父親陷入莫名的焦躁裡好長一段日子。兩個「摘帽地主」過來看父親，父親一言不發。兩個「壞分子」望著自己虛度了大半生的長子，唏噓了半天。王洛看到他奶奶眼圈紅了好久，終是沒能流出淚來。母親從地裡回來，她的婆婆迎上前，面對婆婆滿臉的欣喜，他母親只淡淡地說了句：「還是少來往好，小心又有人去工作組告狀……」母親的話沒有說完，兩個佝僂著脊樑的傢伙站起來哈著腰連聲說「是是」，然後灰溜溜地走了。

最讓王兒嶺的貧下中農震驚的是，這時竟然准許「地富反壞右」的子弟和貧下中農的子女一起考大學了！他們目瞪口呆氣惱之後，不得不把所有的精力從監視王洛父親的一舉一動，轉到自己兒子的身上。可惜，到了一九八四年，整個王兒嶺仍沒有讀出一個人來，連高中的門還是王洛撐開的，村裡人便重又不順氣了，「文化剝削」的棍子在手心裡早已攥得大汗淋漓，只等天變顏色了。

這種背景中的王洛，高考落榜之於他的心那是怎樣的一種疼啊！

初中畢業那一年，他十五歲。那一年，剛剛分田到戶。他站在自家茅屋的矮簷下，陽光在四周瓦房上發出耀眼的光芒，晃得他的頭一陣陣發暈。他跟在父親的身後，走到那些強行劃到他們家名下的田畝間，聽到有人調戲他的父親：「又多了個勞力啊！你、你婆娘、你大兒子、二兒子、還有一個姑娘，勞動力蠻強的呢，小心搞幾年又搞成個地主！」接著是開懷的大笑。王洛看到父親的身子閃爍了一下，父親機械地賠了笑臉便低了頭。那一刻，王洛是昂著頭踏進那鬆軟的泥土裡的。他頭頂烈日，在農田裡學著耕、耙、耘、插……窄窄的田埂上，他瘦弱的身子在秧苗或是穀子的壓迫下搖晃著，他摔倒了爬起來，爬起來再摔倒。他品嘗了泥土真正的滋味——粗重的顆粒滾過舌頭的厚重，永遠烙在了他的記憶深處。

辛勤勞作的結果竟然是罪惡！這種顛倒，他不相信在他的身上還會重複。他倔強地想。

高中錄取通知書輾轉到他手裡，他隨手把它丟在一邊就下田去了。他要從勞動裡重新贏回這個家族失去的榮光！

他跟著父親忙完了插秧，再忙除草、施肥。新的學年就在他背著噴霧器，跋涉於一塊又一塊稻田，和稻飛蝨、二化螟、捲心蟲……的戰鬥中到了。去報名的同學來約他，他忽地茫然了。在同學漸漸遠去的背影裡，他看到了天空中白雲背後的藍色，那是一種渴望生出翅膀飛翔的顏色——他的手不知不覺加了一把勁，噴霧器的壓杆便重重地撞著藥桶子刮出尖銳的響聲，噴頭裡的藥水一噴老遠；他高高地把它揚起，左右橫掃。噴出的藥霧被風捲過來，撲到他的臉上，他感到一絲麻癢的冰涼，那一絲麻癢的冰涼讓他心中的茫然有了些微地慰藉。

他沒有完成他應該完成的任務，他帶著滿足，軟軟地睡到了田埂上，雙腳泡在秧田裡，噴霧器歪倒在一邊，那刺鼻的農藥水從裡面緩緩地流了出來……臨睡過去時，他看到幾條螞蝗，蕩著波浪般的身體，舞蹈而來。他覺得牠們婀娜多姿，曼舞的長袖是那麼的美麗……

他醒來是在一間陰暗的小屋裡，他感到自己臉上的皮有一種收縮後堆砌的累贅，如同醃漬過的水蘿蔔。他看到只有年節才能看到的一些面孔圍著他，他們見他睜開眼，長長地舒了一口氣，走了。最後剩下的是他的父母。母親把他沒有掛針的那隻手拿到自己的手裡，那雙手像兩張砂紙，而王洛的手在兩張砂紙中間，恰如一塊等待磨打的木頭。

王洛閉上眼睛，他知道自己的眼角有一滴淚爬出來了，他想要它們回去，可它們卻放蕩地爬滿了臉。母親的啜泣傳進王洛的耳朵，哭訴的內容和螞蝗緊緊地連在一起。說他兩條腿到處叮得都是螞蝗，喝的血只怕半年都養不起來……母親無疑是誇大其辭，王洛在家只休息了兩天，第三天就可以下田了。他背起噴霧器準備出門時，父親把他背在背上的噴霧器拿下來，把那張他早已忘記的通知書遞塞到他的手裡。他愣愣地看著父親，淚，不知不覺滾了下來。他把那張通知書緊緊地攥在手裡，他怕它飛。這一刻，他才知道，原來自己是如此地渴望讀書！他望著父親，父親也望著他。可淚水遮住了他的視線，他看不清父親的神情，但這一刻，他對父親充滿了深深地感激。他在心裡默默發誓，一定要讀好書，讀出出息來！

然而差六分，六分便是出息與沒有出息的長度！

西天的殘陽，不知何時淌滿一天的鮮血。王洛驚恐地看著那已然沉入暮靄裡的房舍、村落和樹木，路在他的腳下正在悄然消隱。他趕緊站起來，他想追上那些能夠下腳的地方。他匆匆地走了幾步，他看到了一個熟悉的身影。

這個身影，在他心裡，糾纏過百遍、千遍。他曾無數次地想過，自己今後的愛人如果是她，那他的一生就不是虛枉的一生了。他暗暗地對自己說，如果自己考上了大學，他一定要向她求婚！可是，現在一切皆成泡影。今天來看分數，遇到的同學少之又少，偏就遇著了她，這……王洛甚至連「緣份」這個詞都覺得自己不配想。他呆呆地看著她，就如同看著自己的傷疤一般，他恨不得此時的自己是只能鑽洞的耗子才好。女同學看到他，興致很高，臉上晚霞飛渡。她先是為王洛惋惜，說只差六分；接著說她父親已給她找好了工作，問王洛今後怎麼辦？是啊，今後怎麼辦呢？自己的父親不過是兩個「摘帽地主」的兒子，他輪迴之後能不能當上鎮長，都很難說！父親的今天，豈不就是自己的明天！王洛使勁地眨了眨眼。就在他眨眼之間，天完全黑了，依稀的路被夜全部吞噬掉了。王洛的黯淡讓女同學高漲的情緒冷卻下來，冷卻下來的她告訴王洛，城裡在招生，她讓他明天到她家去看招生簡章。王洛沒有等到明天，他的心只想抓住現在。

在那張粉紅色的紙上，王洛看到了下面這段話：

農村高考落榜生是一批有文化、有知識但被人遺忘的有為青年，在這改革深化的時代，將他們之中的優秀人才集中起來，為他們提供一個新的機遇，他們必將成為建設荊州古城的一支積極力量……

於是，王洛拿了父親的二十元錢悄悄地進城報了名，過了半個月，又悄悄地到城裡參加了一場考試。後來父親發現少了二十元錢，黑著臉在家裡要吃人。王洛說是他拿的。父親問他為什麼拿，王洛不說，他怕父親再一次失望。父親打了他一嘴巴，說：「狗日的，你個沒出息的，什麼也沒學會，剛好學會了花錢。老子東借西借，好不容易才借來這點錢，是想讓你再去復讀用的，你氣死老子了！」

接下來的兩個月裡，在王兒嶺塵土飛揚的每一條道路上，棘刺時時扎得他頭破血流。

「舉人也是他中的？舉人那是天上的文曲星，頭大臉方。就他那尖嘴猴腮的樣子，還想考大學，也不照照鏡子，真是人不覺自醜！」「家裡窮得冒屁臭，還供兒子讀了十年長學，真是不知道死活，該窮！他這副良不良莠不莠的死樣子，以後不知要害哪個！」這要算是好的了，更甚者便是啐面厲罵：「你走路不會大一點步子，怕踩死了地上的螞蟻啊？你跟老子一樣就是個鄉巴佬的命！老子跟你說，鄉巴佬說話要有鄉巴佬的味，不陰不陽的聽起來像叫驢子放屁，你跟老子丟王兒嶺的人！」

兩個月後，王洛接到了通知書。和通知書一塊來的還有報社的一張稿費通知單，說是他的一首詩發在了「荊江潮」副刊上，看那上面寫的發表時間，已是一個月前的事了。他想怎麼沒有樣報呢？信是他哥的孩子拿回來的，先給了他父親。父親看著那蓋有大紅戳子的一張紙，把他緊緊地攬到懷裡狠狠地箍了一下，然後放開。他從父親的表情中覺出一絲靦腆來。父親額上的皺紋跳了一下，眼眶裡浮出一層亮晶晶的東西；父親便不住地眨眼，終於把那絲濕潤眨得沒了。父親想請客，想和他堂兄考上武大那樣。王洛拒絕了，王洛對自己這樣的一個結局並不滿意，他覺得不值得請客；同時，他更覺得王兒嶺沒有人配被他們家請！

王洛就這樣走在了城市的馬路上。王洛的第一件事是到報社裡領稿費，三塊錢；隨便把那張印有他名字的報紙找到了。他的名字下面那幾行句子，是他從他女同學家裡回來那個晚上寫的：

星
是你的眼眸
是我的燈。
夢
是我的航船
是你的笑。
……

三塊錢讓王洛沉入了深深的幸福裡。他用一塊錢買了一百顆糖，分給了他最新的同學們；用另外的兩塊錢給自己買了一雙籃球鞋。那彈力極好的鞋，總讓他有一種跳躍的衝動。然而，這份喜悅還來不及仔細品咂，便隨風而逝了。——兩個經辦人，一個坐上了副市長的寶座；另一個則把荊州古城周邊三省七十四個縣市的六十位熱血男女，從父母手中要來的血汗錢捲帳而逃了！

王洛差一點瘋了——他不敢設想自己重新回到那塊荊棘叢生的土地上，會是怎樣的一種結局！

苦撐苦熬了一個星期，副市長總算「赦免」了他們：暫不遣送回原籍！但王洛們無疑已是狗屎一攤了。不過，狗屎到底還是不錯的肥料。於是，他們就真的做了肥料，被塞到城郊的一座破產的舊廠子裡，草草培訓了三個月，然後被發配到幾家紡織廠，從此打上了句號。

進廠的那天，隔老遠王洛就看見廠裡有一紅色條幅，在風裡翻飛得熱熱鬧鬧，以為是廠裡為歡迎他們拉的，心裡頓生終生有託的感激。等走近了再看，原來條幅上寫的卻是「熱烈祝賀城區青工『雙能杯』演講大賽在我廠舉行」幾個字，王洛內心的激動就被傷感替代了。

接他們進廠的是一位約莫四十歲左右的婦女，人不高，從她已經起皺的五官上，還能遙想出她年輕時豔麗的姿色。

從廠裡的大客車下來，年輕時有著豔麗姿色的女人讓王洛們站成一排，說：「你們看到了吧，全城區幾十家企事業單位在我們廠舉行演講賽，這說明什麼？說明我們廠在整個城區具有舉足輕重的地位！你們到我們廠是你們的運氣，也是你們的福氣。聽說你們一個二個都是才子，現在這就是機會，你們有沒有人敢參加這次演講賽？」那女人說完，神情傲慢地看著他們。大家你看我，我看你，最後也不知哪一個說，王洛在報紙上發過詩，是詩人，王洛可以。有姿色的女人便用她好看的眼睛審視王洛，王洛覺得她看他的眼神有點辣，身子不由自主地挪了一下。他覺得自己這一動作很丟人，容易讓人想起長時間沒洗澡的醜態，不得不羞愧地低下了頭。

王洛低下頭後就聽那女人說：「你好好準備準備吧，不要給我們廠丟臉，不要給我們廠抹黑。」

解散後，王洛知道了逼他低頭的女人是這個廠的黨委副書記，姓聶，主管人事。廠裡對於接受王洛們並不情願，迫於無奈不得已而為之。王洛這時心裡憋了一口氣，生出要為他們這些人爭個臉，讓人知道他們決不是人見人嫌的臭狗屎的想法。

王洛熬了個通宵，第二天登台竟奪了個頭一名。

王洛這個頭開得應該說是相當不錯。緊接著，又把市電視台舉辦的電視演講賽的桂冠收入囊中，電視台竟動了調他去當播音員的念頭，王洛因之被安排在廠技術科。王洛覺得，這一切都是對王兒嶺那些把他罵成尖嘴猴腮的人最好的反擊。這讓王洛在很長一段時間裡，時不時便要滋生出一種驕傲來！

那一陣動不動就是活動，逢著節日不是演講，就是匯演，中途還有什麼讀書會、經驗交流會、文學改稿會，後來連政治思想工作研討會也攤上了王洛。一來二去，王洛在這個廠便混得有鼻子有眼睛了，因之，也就衍生出了他和楊小宛的愛情故事。

2

楊小宛是標準的城裡人。

她的父親對其這一身分頗為驕傲，不離嘴的一句話是，他三歲死了爹媽就在荊州城的「三管筆」喝麵湯，日本人來時他十歲，跟著麵館師傅給日本人做過飯。他指著他瞎了的半邊眼睛說：「你以為我天生就是『半邊街』，這是日本人用刺刀戳瞎的。日本人說我偷他們的肉吃，一頓差點把老子打死了……」楊小宛出生在這樣一個家庭裡，她城裡人的身分當然是確鑿無二的。

楊小宛的長相，乍一看，五官很有幾分動人。她站姿端正，不歪不斜，三圍雖無確切的資料，與「曲折有致」四個字倒也相宜。如果細較起來，楊小宛的五官卻只能勉強歸為端正，若是硬性做一比較，楊小宛到了聶副書記那般年齡，決不會有聶副書記現在的風韻，只有身高可以和聶副書記打個平手，兩人均在一米五六左右。

然而，有人說，楊小宛的姿色在廠內排名第三。王洛不知有關人士做出這一判斷的依據是什麼？五官、三圍、氣質、還是別的？在王洛看來，楊小宛並非長有沉魚落雁之容，閉月羞花之貌。王洛沒有墜入情人眼裡出西施的老一套裡。這幾年裡，王洛從他堂兄帶回來的書本裡，看多了拉斐爾的聖母、米洛的維納斯和雷諾阿的浴女。王洛甚至認為她還沒有他的女同學漂亮，但王洛覺得他和她投緣。

王洛認識楊小宛是因為王洛要在「五•四」青年節參加全市的一個演講比賽，主題是關於青年人怎樣在自己的崗位上建功立業。廠裡說織布車間的楊小宛事蹟比較突出，產、質量已連續七個月居全車間之首，我們廠就寫她吧。

就這樣，王洛認識了楊小宛，認識了楊小宛後，他們就相愛了。

王洛進城後和他的女同學斷斷續續地一直有聯繫，但卻算不上戀愛。她既不答應，也不拒絕。王洛認識了楊小宛，他專程回了一趟老家，他把她約到他們那次見面的那個小土包上，他們坐了一個下午。他要她的明確答覆，她依然沒有給他，他的決心就在那個時刻下了。

但王洛的愛情一出手，便是遍地荊棘。最先反對的是楊小宛的小姐妹們，接著是她的家人。她們的理由完全一樣。楊小宛的父親說：「老子在荊州城住了三代，老子的姑娘一不跛二不瞎，長得標標致致的，憑麼事要找一個農村人？憑麼事要找個沒戶口的？憑麼事要給街坊鄰居看笑話？」這句話說出了所有反對者的心裡話。

王洛覺得再怎麼說都可以，但不能說他沒戶口。這是一個常識性的錯誤。他沒戶口，豈不是非中國公民？楊小宛問他：「你有什麼戶口？你有戶口就好了，你要是有戶口，我們家早就同意了！」王洛說：「要不要我回去把戶口名簿帶來給你看？」楊小宛說：「你那也叫戶口？戶口是指商品糧戶口，你懂不懂？」

如此不堪的痛擊，使王洛遠離王兒嶺後，好不容易滋長出的一星點兒驕傲，大大地打了個折扣。

就在王洛萬分沮喪之際，楊小宛十分肯定地對他說，她愛他。有了這一承諾，王洛那顆脆弱的心，才重新堅強起來。王洛認為，主要的問題是楊小宛的家人沒有見過他。王洛想，只要他們見了我，自己就有把握讓他們喜歡自己。

在春暖花開的四月裡，王洛決定去拜望楊小宛的父母。

照荊州城的規矩，這是第一關，叫「上門」，即男方到女方家讓女方父母過目。行與不行，好歹就在這一回。行了，女方則擇日到男方家去。

王洛其實並不具備啟動這一程序的資格。

第一關一般是在女方家默許的情況下啟動的。據楊小宛講，她的父母一聽說王洛是農村人、沒有戶口，就火冒三丈，根本沒有看人的興趣，可王洛卻堅信他能憑自己的實力征服楊小宛的父母。

楊小宛無奈，只得硬了頭皮知會父母，王洛要來！

楊小宛的家是典型的荊州農村樣式，三大間，和王洛老家的樣式差不多，區別只是在於四周的樓房，和一個圍得嚴嚴實實的院子而已。這說明楊小宛家在這個城市裡，只是一戶普通得不能再普通的人家。王洛初次踏入時，心裡不由生出一種親切的感覺。王洛沒想到要進屋的時候，門卻被一把躺椅堵得嚴嚴實實，躺椅裡一個光溜溜的腦袋浮在裡面，光溜溜的腦皮上有幾塊非常顯眼的花紋。

王洛心裡一「咯噔」——楊小宛的父親是個癩子！心裡便隱隱有些失望，對於楊小宛如此嬌小玲瓏竟是生在這老傢伙手裡，無端地不滿意。老家常說的一句話在心裡一閃而過：十個癩子九個強。王洛想，今天怕是有些不好對付。

「楊伯伯。」

王洛的第一聲果然泥牛入海。

「楊伯伯！」

王洛只得把聲音加大，但這一聲依然沒起任何作用。王洛無可奈何地回過頭對楊小宛做了個鬼臉。楊小宛的臉色正好和屋內播送天氣預報的宋英傑說的一句話合上了拍——晴轉多雲，氣溫零攝氏度。她走到躺椅邊把躺椅踢了一腳。

「爸，小王來了！」

那花皮腦殼做一副從夢中驚醒的樣子，王洛看到他沒瞎的一隻眼睛射出的光如飛掠而來的一支雕翎，瞎了的一隻眼睛卻又扇起白茫茫的一片大霧。王洛一下就懵了，只聽「噢噢」兩聲後，他把躺椅往邊上挪了一挪。王洛鎮了鎮自己的心神，忙再一次喊他，他嘴裡不知怎麼咕噥了一下，王洛分辨不出他是答應，還是別的，就跟著楊小宛偏了身子從剛挪出的一條縫裡擠進了屋內。王洛看見靠牆的一張長沙發上，一個五十多歲的女人，木頭般地坐在上面，眼睛盯著宋英傑在螢幕裡竄上竄下的那根棍子，努著嘴一副苦大仇深的樣子，眼裡射向電視螢幕的光裡，飽含了哀怨。

王洛想，這一定是未來的丈母娘。他一邊把禮物往茶几上放，一邊喊：

「伯母，您好。」

楊小宛的母親沒有理他。王洛也顧不了這麼許多，根據擬定好的程序，先去向未來的岳丈大人敬煙。王洛把煙畢恭畢敬地敬到楊小宛父親的眼皮底下，他眼皮往上一翻，把煙接了。王洛從兜裡掏出火機正準備為他點上，他手一揚，那支煙化道白光飛到了茶几上。王洛的手下意識地撥了一下火機，藍幽幽的一團火「呼」地在王洛的手上燃燒起來，映得王洛的臉紅一陣白一陣。這時，背後響起另一個聲音：

「你今天來了正好，你不來我還準備去找你。」

這句話把王洛從尷尬中救了出來，王洛趕緊回過頭。楊小宛恰在此時關掉電視，屋子裡陡地一沉，剩下的聲音在狹窄的四壁間撞過去撞過來，異常刺耳。「我跟你明說吧，這件事絕對不行，除非是我死了！」

開場白竟是如此突兀，王洛慌亂之中無招可對，汗，如雨而下。王洛心念一閃，想起他姐夫請的媒人對他母親說的一句話來，便說：「伯母，古話說得有，一家養女百家求。我和楊小宛這麼投緣，您就成全了我們吧！」

「成全？」

楊小宛母親臉色由青而白，由白而灰。

「你說得好聽，成全你！我今天給個實信你，我的姑娘不嫁農村人，你趁早死了這份心！」

一聽「農村」二字，王洛生出一種被辱的反感。不錯，他王洛是農村人，農村人又怎麼了？不跛不瞎，不癡不傻！王洛忍不住問，他這個農村人哪一點比不上城裡人？

王洛這一詰問，讓楊小宛的母親火冒三丈：

「原來你今天是來問我道理的？你是說我養姑娘養錯了？」

看著楊小宛母親的臉已氣得變形的樣子，王洛想，這場對話只怕已難以繼續下去。王洛不由自主地把目光投給楊小宛，我想從她那裡尋找到某些可供參考的資訊。他的目光撞在了楊小宛橫過來的目光上。這一橫，讓王洛想到了責備。看來，自己想結束這場對話的想法是一個絕對的錯誤。這場對話不僅不能就這樣結束，而且，他王洛還必須使出自己的看家本領，力挽狂瀾。

「伯母，您千萬別誤會，我不是這個意思。」

「我不管你是什麼意思，總之一句話，我的姑娘不嫁農村人！我們跟你往日無怨，近日無仇，不要把話說生了。你把你買的東西拿走，我們受不起！」

楊小宛的母親邊說邊把王洛放在桌上的東西提到王洛面前。王洛哪見過這陣仗，不知所措，只好把目光再一次投向楊小宛。

楊小宛是他此時唯一的一根救命稻草。可惜，這根稻草被一個接一個的浪頭打得暈頭轉向，已然下沉。楊小宛把掩面跑向自己房間的背影甩在王洛的目光裡。王洛的心揪然一疼，一種強敵環視，孤軍作戰的恐懼塞滿了他的所有理念。他想，他必須堅持。

「伯母，別的都不說了，您就把我當成您女兒的同事，把我當成一個晚輩來看望二老行不行？」

「不行。一非親二非鄰，我們跟你扯不上！」

楊小宛母親否定的語氣生硬而堅決，毫不遲疑地切斷了王洛給自己尋找的最後一條退路；而楊小宛的父親在躺椅上發出的震耳欲聾的鼾聲，則摧毀了王洛殘存的最後一絲自信。

……

這一挫折，使王洛從虛幻的半空中一下跌入塵埃。

他無論如何也沒有想到，竟然連又瞎又癲的城裡人也瞧他不上眼。儘管他知道楊小宛父親的眼睛是讓日本人用刺刀挑瞎的，但這又有什麼用呢，畢竟他又瞎又癲！這個時候，他不由想起父親的身世來，那種被命運拋棄的感覺，這一刻，他有了真切地體會！幸好楊小宛及時知會王洛，說她爸媽對他個人沒有意見，只要他轉成商品糧戶口就行了，王洛的自信才重又找回了兩分。

說到轉戶口，王洛就想起從他女同學手裡拿到的那張招生簡章，那可是紅紙黑字注明了解決戶口以及糧油關係的，不然，怎麼能叫跳「農門」呢？

王洛當時有兩個選擇，一是鎮中學語文教研組有意推薦他去湖區當一個小學民辦教師；一是他父親已為他籌足了復讀費，他可以到鄰近的岑河鎮中學去回一年爐，參加第二年的高考。然而，王洛選擇了兩個之外的第三個，衝的就是一個戶口。沒想到卻遭遇了被人當成狗屎的命運，轉戶口又怎麼可能落到狗屎的身上呢！

3

王洛錯過了這一機會，並不等於說王洛就再也沒有了機會。其實，對於王洛，機會還是一次又一次和他交臂而過。

王洛所在的廠是建在郊區的一家紡織廠，因為建廠占地而失去了土地的農民，在這個廠占有不小的比例。廠裡每年都要以這些人的名義向上面要三五個商品糧戶口的指標，然後再到廠裡重新分配。與王洛同來的已有好幾人在這途中轉了戶口。

有人勸王洛多和領導套套近乎，說誰誰誰把領導家的門檻都踏破了，初一十五都成了節日，大包小包的，不是雞子就是魚；誰誰誰把領導家的汽瓶、小孩都承包下來了；誰誰誰一個星期要到領導家裡兩次，一去就掏廁所、洗馬桶……王洛對於領導是疏遠的。他始終無法從他的父親，他的家庭的陰影裡走出來。他們落在領導的手心裡，無時無刻不在呻吟著。他怕領導。他恨領導。

面對楊小宛期盼的眼神，他一改舊念，不再和同事們一樣，整日坐在辦公室裡，一杯茶一張報；而是一有時間就鑽到車間，每天都忙得一身油污，一身汗。

車間領導好奇地看著他，像看一個怪物似的。車間那個負責宣傳的小姑娘更是盯在他的身後，近距離觀察了好幾天，然後，向廠廣播室寫關於王洛的表揚稿。聽著自己的名字在半空裡飄蕩，王洛的心裡有了一種從未有過的踏實。

根據慣例，每年五月、十月轉兩批戶口，每次五個指標。五個指標中有一個甚至兩個，是必要給工作積極的工人的。王洛要用自己的汗水來換取唯一的一個，或者是兩個之中的一個。他對楊小宛說，上半年可能性不大，但只要自己不放鬆，年底應該不會有什麼問題！

四月底，小道消息說，指標下來了。當然，那指標的光環沒有罩上王洛的頭頂，這是意料之中的事，王洛一點也不氣餒。

一天，工會抽王洛去幫忙填表。中午在小食堂吃飯，女工主任問王洛丈母娘同意沒有，王洛尷尬地笑著搖搖頭。女工主任不依，不問出個子丑寅卯決不甘休，王洛只得紅著臉告訴了她。女工主任說：「既然這樣，這批戶口怎麼沒見你的動靜？」王洛一驚，連飯也不往嘴裡扒了，用滿口的飯加滿臉渴望指點迷津的虔誠望著女工主任。

女工主任諱莫如深地笑了笑，說：「先寫份申請吧。」

王洛如捧天書，說：「我馬上就寫！」

女工主任笑而不語。

吃了飯，在回工會辦公樓的時候，女工主任對王洛說：「這件事，你要多動動腦筋！」

聽了這話，王洛心裡明鏡似的。所謂動腦筋，就是送禮。王洛不想給人送禮，王洛說他想靠自己的勤勉，明正言順地得到那個指標。女工主任笑了笑不再言語。王洛再三地問女工主任可不可以，女工主任說：「看你平時能說會道的，還以為你是個聰明人，這年頭……」女工主任的話沒有說完，省了一些成分，末了感歎一句：「書生到底是書生。」王洛的臉忽地比挨了一嘴巴還難受。

反覆咀嚼女工主任的話，王洛不由心煩意躁，就想起莊子的鯤鵬鳥來，怒而飛，水擊三千里……他此刻的心情真的想一飛了之，可惜肋下生不出翅膀，如何能飛？

既然不能飛，那就只有爬了。

送禮，送吧！

一想到要給聶副書記和胡廠長送禮，王洛還是心有不甘。這一對狗男女，光天化日在辦公室裡通姦，被人當場捉了個正著，連臉都不紅一下的東西，自己卻要去巴結他們！

一想到自己已墮落到了這份上，王洛的心裡就有一種說不出來的悲哀。然而，這一切竟是托著愛情的名義：送禮就是愛，不送就是不愛。

王洛就這樣被逼到了一個進退兩難的絕境之中。

他想繞，可他選擇的愛情不允許他繞。

這是真的愛情嗎？

王洛不由生出懷疑來。他矛盾了很久，想找一個合適的托辭來安慰自己，可是，沒找到。這種墮落似的自責攪得他食無味，寢難眠。而楊小宛自從家裡明確反對以後，在大庭廣眾之中，很少和王洛講話，總是板著臉，就更不用說有一點親熱的舉動了。王洛想到這些，心裡越發迷惘了。

有一天，王洛背地裡問她，你這樣累不累？楊小宛一聽，火了，說，我做夢都想和別人一樣光明正大地去愛，可是，我可以嗎？家裡成天都在找人打聽我和你的事，我這樣迴避一下少受點折磨難道都不行？你非要把事鬧得收不了場，你才高興是不是？說著，淚就下來了。王洛一見，忙給她賠禮道歉。楊小宛不依，一邊哭一邊說，以前，我在家裡從沒人和我大聲說過一句話，自從跟了你，在家裡哪個都可以指責我，挖苦我，就好像我欠了他們什麼似的！我現在一聽他們喊我，我的心就發抖，就想他們馬上要來訓斥我了，心就亂蹦亂跳！這樣的日子我一天也不想過，你現在還來責備我，我都是為了什麼，你想過沒有？

王洛想了很多，他不否認楊小宛的愛，他承認她為愛付出了很多；可是……他等她平靜下來後，問她，愛是兩個人的事，你管別人幹什麼？楊小宛看著他，冷冷地哼了一聲，說，我也想離開家，可是離得了嗎？要錢沒錢，要房沒房，怎麼離？王洛說，難道轉了戶口，這一切就會從天上掉下來不成？楊小宛說，你是真不明白，還是裝糊塗？我的父母只是一個普通老百姓而已，我也只是一個普通的小女子，我們都不可能活在你想像的那種高尚與純淨裡，我們每天面對的都是街坊鄰居的閒言碎語；我的父母活了一輩子，我不想他們因為我而被唾沫淹死。你轉了戶口，我們倆結了婚，就可以先住我們家。我們家這麼大的房子，就我和我爸媽住，我哥我姐都分了房。楊小宛說，如果王洛真心真意愛她，就應該為愛做出一點犧牲。她甚至說韓信曾忍胯下之辱，他受這點委屈算得了什麼？她說：「轉戶口的人，哪個沒送禮？人家送得，你王洛憑什麼就不能送？難道送禮會讓你掉一根毫毛？那麼多人送了禮，有哪個笑了他們？送禮的時候，是有點低三下四，是有點難為情，可是，送禮後，人家得到的是什麼？人家得到的是正大光明地做人！這個世道，受人嘲笑的不是送禮的人，而是那些書呆子，那些自以為自己了不起的人！」

王洛凜然一驚，一驚之後，一下為送禮這一不堪的行為找到了一個支撐點。是啊，愛是如此美好，如此崇高，自己為美好而崇高的情感做出一點犧牲是應該的，是值得的。如此想，他的心便生出一種悲壯的神聖感來。

4

王洛把送禮的第一人選定為聶副書記，遭到了楊小宛強烈地反對。楊小宛說，廠長兼書記於一身，你不給他送為什麼給別人送？王洛說，聶副書記在廠裡主管人事，而她與廠長通姦的關係路人皆知，送她和送廠長豈不就是一樣？

王洛沒有說出隱在他內心的真實想法——廠長那宮殿般豪華的家，豈是他這一類人踏得進去的！他卑微的心先自怯了。

廠長的家王洛去過一回，那次是去送畫。畫是宣辦主任從省城弄回來的，是個大人物的手跡。

那是一個星期天，王洛從老家回廠，出了車站，就見宣辦主任從一家裝裱店裡出來，東張西望找車，車沒找到卻看到了王洛。他吩咐王洛拿好，千萬別撞壞了。說這幅畫出了三十萬才搞到手，好多人打搶呢！說了這話，宣辦主任忽地意識到自己說漏了嘴，忙一口接一口地趕著叮囑王洛不要到處瞎說。王洛沒想過到處去瞎說，這跟他性格不符。他只是想，三十萬塊錢放在一起會有多大一堆呢？一張八仙桌堆不堆得下？該不會裝滿一個房間吧？

王洛想起自己那次拿的三元錢稿費。三十萬元和三元，似乎就是在這五年不到的時間裡如此深刻地聯繫在了一起。進城前的王洛，口袋裡從未裝過一次三十元錢。王洛讀書的時候，每學期交學費總是他先交一半，另外的一半在學校一催再催之後，父親到學校裡交的。父親站在總務室的門前，從他皺巴巴的褲腰帶上那個據說是用來裝手錶的小口袋裡掏半天也掏不出來，王洛看到這裡每次就走開了。

父親粗礪的兩隻指頭在預備裝手錶的口袋裡掏摸的樣子，讓王洛心裡發梗，那兩根粗礪的手指，每次都似乎在掏著他的心。

錢，對於王洛有著深刻的記憶。早先，父親在生產隊的時候，一年忙到頭還差生產隊裡的錢，每年的大年三十都是在父親的哀聲歎氣裡度過的！分了田之後，父親在頭三年的時間裡給王洛的感覺就像一部永遠不需要加油的機器，他走路、說話，都給王洛一種神往。在那三年裡，父親愣是從王兒嶺最貧瘠的那幾畝地裡，為自己刨出了一幢瓦房，給他哥娶了媳婦！王洛有一刻差一點堅定了自己的嚮往。可是，到了王洛讀高中最後的一年裡，父親再也無法讓人看出他曾經幸福過，滿足過。他的手頭上一下就乾了，似乎再也超不過二十元錢。那一年，王洛又聽到了他的歎氣，那來自腹腔深處的一口濁氣彌漫在他的四周，等到它們散了，王洛再看父親，已看不到他崇拜的父親了。

那正是王洛面臨高考的時節啊！

亂七八糟想著的時候，廠長家到了。迎著腳的是地面上血紅的地毯，王洛一下不知怎麼去落自己的腳。那是王洛第一次親自要用自己踩過牛屎的腳，去踏踩那只在新聞記錄片裡看毛主席接見西哈努克親王走過的地毯！王洛愣在門口，被宣辦主任教訓了半天才脫下自己的鞋子，沒想到自己腳上的襪子到處是洞，腳指頭不爭氣地伸出老長，挑著黑垢。王洛趕緊把自己的腳塞進一雙繡花的拖鞋裡，心裡對那雙繡花拖鞋生出一種暴殄天物的罪惡感。身子隨著宣辦主任左走右走，便木木地失去了方向。

那一次的印象對於王洛是一場重創。

胡明才的家對於他王洛來說和夢沒有多少區別，在仙境般的夢裡，他王洛有什麼禮物會與之相稱？這些怎麼說得出口？

王洛沒有去過聶副書記的家，沒有這種羞辱記憶的壓迫。而且聽人說，聶副書記收禮，從來不擇大小，你就是給她抱一罈辣醬去，她也會收下的！

在胡明才和聶副書記之間，王洛毫不遲疑地、理所當然地選擇了後者。

楊小宛說：「我媽說的，廠長人和氣，心好，聶副書記心硬喉嚨粗，只要你開口，她就伸手。她辦事是看你送禮的份量來的，像我們這樣的事，不送上千的禮，只怕很難把她餵飽。」楊小宛在這個問題上把她媽搬了出來，王洛頗感意外，試探地問：「是不是你媽已經同意了我們倆的事。」楊小宛說：「我不是早就跟你說過，只要你轉了戶口一切問題就都解決了。」王洛忙喏喏連聲，但有一點王洛明白不過來，楊小宛的媽怎麼會連聶副書記也知道。楊小宛說：「胡廠長在這城郊周圍的好幾個廠裡都當過廠長，胡廠長調到哪就把聶副書記帶到哪，哪個不知道？」

到這裡，王洛恍然大悟，對胡廠長和聶副書記的關係也就有了更深的理解。同時想，送禮的事肯定早就被她們編排好了。既是這樣，乾脆就依她們的自己認錢出得了！

但這錢王洛卻拿不出來，得回家找父母要。

王洛的父母住在公路邊的一個村子裡，那條公路先前叫「漢沙公路」現在叫「三一八」國道。

這時節，正是早稻拔節分蘖的季候。從車上下來，肺管裡猛地灌滿了稻穀花粉的清香，他憂鬱的心一下晴朗了。那些平整好的水田，似一面面碩大的鏡子，恍惚間，人就如同行走在兩個天堂的接縫上，腳踏著那藍天，那白雲……插著中稻的秧田裡，偶爾響起婉轉的插秧小調，阡陌之上，便譁然躁動而應——耕田漢子手中的牛鞭，在空中優雅地劃道弧線，爆出讓耕牛驚悸的脆響；那牛振蹄昂首，犁開的土地，便花瓣似地從腳邊盛開；燕子與八哥或逐於壟溝間，叼了蟲子、青蛙、泥鰍，伸著脖子享受著佳餚美味，或歇於牛背之上，扭著腦袋盯著那桿牛鞭，隨時振翅而去；溝渠間，一隻蒼鷺忽地沖天而起，然後翔在天宇裡，做出鷹的雄姿；更遠，則是牧童的橫笛，纏繞不定……

王洛聽到了那地的歌唱，那曾經在舌尖上舔拭過的顆粒粗重的泥土，在這時，已成了溫暖的回憶。可是，當母親從那件魚網般的燈芯絨夾襖裡，掏出那方灰舊得看不出顏色的手巾，那筋絡糾結如一條條蚯蚓的老手一層層打開那個手巾，王洛看見那裡面包著的一張不知存了多少時日的百元鈔票，疊痕已開始要斷了，一瞬之間，他的心聽到的不再是地的歌唱，而是號啕大哭！

母親頭上的白髮早已蓋過了黑髮，臉上的皺紋已打成了褶子，又矮又瘦又老。母親已衰老到了這種程度，自己竟然還要伸手向她要錢！

一個二十五歲身體健全的男人，要一個已經六十歲的老人來為自己的浪漫付錢，他覺得自己羞慚無地！

可王洛卻沒有一點辦法。

按說，他已上了五年的班，他應該有錢！按說，他的父母在這塊土地上辛苦勞作了一輩子，他的家道應該殷實豐足！按說，生而為人，他應該有自己愛的權利！……那麼，他的愛情又會是怎樣一番模樣呢？

可是……這個國度什麼都少，唯一多的就是這個可是！

母親的那件破夾襖，只在胳窩裡還可以依稀看得出織造的組織圖是一件燈芯絨，正身已被累累重疊的補丁釘得面目全非。這件夾襖是母親生他的時候，外婆送的禮物，已有二十五個春秋了。母親的錢就是從這襤褸不堪的衣服裡摳出來的，王洛的眼潮濕了，他伸不出手。

「接著！」

母親把錢塞給王洛。母親口氣堅定地說，只要能在城裡工作，能為我找個城裡的媳婦回來，別說是這小小的一百塊錢，就是把媽這把老骨頭拆了也值！

5

具體買禮物時，王洛找到楊小宛。楊小宛說送兩百，太差了拿不出手，不管怎麼說自己要看得過去。她又說，其實兩百也不夠廠長買條菸的，一點也不算多。

王洛心裡「突突」一跳。廠長平時抽的一律是大中華菸，大中華菸二百八十元一條。可攥在自己手裡的僅僅只有一百！

王洛有點怨楊小宛說話不知輕重，卻又不敢讓這「怨」浮出臉面。看到王洛發窘，楊小宛眼不由一瞪。「沒錢吧，我就曉得是這樣。」說著，從口袋裡拿出一張百元大鈔，遞到他的面前。「拿去！」

王洛接也不是，不接也不是。他的臉漲得紅紅的。

「算借你，以後還我！」楊小宛給他找了個台階。

王洛把送禮的時間選在這一年五月四日的晚上。

這一天，荊州城的中心大街整條馬路都恨不得豎了起來，有人扯著條幅，有人振臂呼著口號，有人懷著複雜的心情圍觀著……城外的街道便顯得冷冷清清。

王洛心無旁騖，拉著楊小宛，為自己的愛尋著道路。

王洛的禮品是兩條菸、兩瓶酒和一大袋水果。

兩條菸一條是阿詩瑪，八十五元；一條是白沙——當時的白沙菸沒有現在這麼多的名堂，什麼精白沙、環保白沙，還有什麼硬皮、軟皮之分。當時就只有軟皮白沙一種，三十五元一條，到處都買得到，不像現在的商家，在賣這菸時，偷偷摸摸像在謀劃一起通姦的勾當。

據說湖南不賣湖北的酒，湖北不賣湖南的菸。

當然，這不是一九八九年的愛情裡的故事。

王洛送禮買的酒是兩瓶洋河大麴，二十四元一瓶，另外稱了二十元的水果，總共花去了一百九十八元。

廠長的家挨著一家園藝公司，在路的南邊。王洛拎了禮物、拉著楊小宛，做賊似地溜到蓋了琉璃瓦的院牆邊，輕輕一推，門開了。

王洛的前腳忐忑地抬起來，還沒落下，楊小宛卻從他的手裡抽出自己的手，拔腿逃了。王洛懸在半空的腳不由生硬地收回來再改換方向。王洛追了兩步停了下來，對離他已有七八米遠的楊小宛說，你到底去不去？你只要說半個不字，我立馬就把這東西丟到陰溝裡，咱就各走各的！楊小宛往外滑動的腳步停了下來，她看著王洛愣了。

王洛氣乎乎地重重跨了幾步，上前一把抓住她說：「走吧。」楊小宛在王洛鷹爪似的手裡，似乎才回過神來，她使勁把手一甩，沒甩脫。楊小宛說：「你放手。」王洛說：「我不放。」楊小宛說：「你不放我就不去！」兩人僵了會，最後還是王洛讓了步，老實地鬆開她的手，頭皮一硬，在前面邁開大步，擺出一副視死如歸的架式。

廠長家的正門在南面，進了院子得從山牆繞到前面去。兩人一前一後剛轉到西邊，忽聽一個尖而細的聲音：

「有客來了。」

「有客來了。」

王洛嚇了一跳，往後一縮，踩在楊小宛的腳上。楊小宛受不住這一踩，把他一推，王洛一個趔趄，向前竄了兩步才穩住身子。楊小宛沒好氣地說：「是樹上的鸚鵡。」王洛抬頭借著山牆邊的路燈光，看見斜前方一棵廣玉蘭上，一隻貓頭鷹般大小的鸚鵡，腳上拴著鐵鏈正在秋千架上腦袋一扭一扭。

王洛覺得很新奇，這只在銀幕上才看過的東西，沒想到在這裡親眼見了一回，上次來的時候可沒有。正這麼想著，門開了，廠長夫人胖胖乎乎地走出來，王洛忙迎上前去自我介紹。廠長夫人聽了一半對著裡面喊：「老胡，你廠裡來了兩個小朋友。」一邊說一邊往內走，王洛和楊小宛緊緊跟在後面。一進門，又把王洛嚇了一跳，走廊的間壁裡兩條大狼狗趴在一道鐵門上，離王洛只有半米不到的距離，嘴裡噴出的熱氣直撲王洛的臉。王洛的兩隻眼和狼狗的四隻眼碰了個正著。那四隻狗眼射出的光芒兇惡而貪婪，王洛就感到他臉上的肉已經在狼狗的嘴巴裡了，它們鋒利的牙不停地割著，血染紅了它倆的舌頭，摻了血的涎水從它倆的嘴角裡流出來淌了一地。王洛背心裡汗一炸，刺癢癢的，腳下的路走起來就有些踏不住的感覺。他是怎麼換的繡花拖鞋，怎麼走上鮮紅的地毯，怎麼把禮物放到景泰藍的茶几上，廠長夫人又是怎麼從乳白色的大理石茶几上給他們倒開水，他們是怎麼落座在紅木的沙發上，王洛全沒了印象，腦袋裡白茫茫一片。就連廠長身著睡袍從一道屏風後出來，他也記不起來。想過去想過來都是電視劇《紅樓夢》裡的鏡頭，具體是王熙鳳出場，還是賈寶玉出場，或者說是賈政出場卻又分別不出。能夠回憶起來的惟有那吐著一尺來長舌頭的大狼狗和那只扭著腦袋拖著鐵鏈的鸚鵡。但最後從廠長家裡出來時的心情，王洛可是記得一清二楚，自己就像在籠子裡關了幾個世紀的一隻可憐的麻雀，忽然，籠子門打開了，於是，拚命地乍開翅膀往外亂飛……

第二天，王洛才想起問廠長都說了些什麼。楊小宛說廠長表揚了他，說他最近表現不錯，以後有了指標會考慮的。楊小宛這時也忘了昨天的不快，也許是被廠長的許諾所激動，她不停地說她的母親決策如何如何之英明。王洛在楊小宛的絮聒中提議，晚上去看場電影吧。楊小宛一愣，說，不行，我媽說了，要等你真的轉了戶口，我們倆才能在一起。就像當頭一盆冷水，兩個人都打了個冷顫；更像突然短路的音響，啞然無聲的寂靜讓人感到特別彆扭。兩人就在尷尬中坐到楊小宛告辭回家。不過，臨分手，兩人糾纏在一起纏綿了老半天，尤其是楊小宛，這天顯得很衝動，讓王洛有了一種全新的感覺。

楊小宛走了之後，王洛很長時間走不出那種感覺，在廠區的馬路上，王洛看見一對年輕的夫婦在路邊親熱，一種疼猛然襲進他的心裡。

空虛像一把刀子插在他的心上，楊小宛在這時成了他存在下去的唯一理由，他必須馬上見到她，不然，心中燃起的渴念，會在今夜將他燒成灰燼！

王洛沒有想到通往楊小宛家的那條小巷子，在這一天如此難走。

一米來寬的巷子被剖開了肚子，一道半米來深的塹壕加上挖上來的浮土，形成了一米的深溝。可能要埋下水管道，口徑大約三十釐米的水泥涵管一路彎彎地擺過去。從大街上進去要轉八個彎後才能看見楊小宛家的院子門。

王洛在涵管上跳著，像一隻袋鼠。在轉第八個彎的時候，王洛失足掉進了腳底的塹壕，泥沙如水，迅速漫進他的鞋幫。他像一隻水獺艱難地從深溝裡爬出來，抬眼卻見楊小宛掛著紅色窗簾的窗戶射出熱烈的光芒，他的心從溝底的陰冷，頓時翻湧成一江開閘的春水。

但楊小宛家的院子用鐵柵欄和大鐵鎖迎候著他。

王洛站在院子門前，一個月前在這個院內的情景，無法阻遏地從心底湧了出來，他伸向鐵柵欄的手不由得縮了回來。恰在這時，那紅色的窗簾翻動了一下。王洛的心一熱，她知道我來了麼？難道真的是心有靈犀一點通！然而，微微翻動的窗簾仍舊微微翻動著，沒有把那張令他激動，令他感到安慰和滿足的臉從窗玻璃後現了出來。窗簾飄動的間隔如同一首歌曲的重音，規律地重複著。

他明白了，那是電風扇的傑作。他就想，電風扇你使勁地吹，使勁地吹，把整個窗簾都掀起來吧。在風又要吹過來的時候，他噘起嘴幫著它使了把力，嘴裡竟發出了響亮的一聲「噓」。他嚇了一跳，下意識地把身子往牆角邊縮了縮。

窗簾真的掀起來了，那張令他想得心裡發躁的臉，被屋內明亮的日光燈投射過來。他看到那張臉有些驚慌，眼睛在窗玻璃後亂轉。王洛從牆角裡現出身子，把手從鐵柵欄裡伸進去，急促地搖著，壓低了聲音說：「小宛，是我！」他看到裡面的那個人把她的小手貼著窗玻璃擺了擺，隨後窗簾頹然而落。

那種可望而不可及的絕望，猛然灌進心裡，無法把握的悲哀讓他的心揪然而疼。他的眼裡不由蓄滿了委屈的淚，只等一眨，那淚就會滾落而下。就在這時，楊小宛站到了他的面前。他撲到鐵柵欄上，把臉從鐵柵欄的鐵條間伸進去，裡面的一張嘴遲疑了一剎，迎上來和他交合在了一起。他用舌頭急速地吮著那香軟的所在，似乎剛才的苦與悲都只是為了此刻的驚喜！

就在王洛不知身為何物之際，裡面的人往後一退，王洛的頭跟著往裡一送，夾著臉頰的鐵條擠得他的雙頰火辣辣地一疼，生硬地割斷了他與她的聯繫。楊小宛急促地說：「你快走，有話明天說。」說完，轉過身消失在院子的另一頭。

王洛悵然地望了很久，惆悵中卻又有滿口的香甜支撐著他。這一夜，他幸福地做了一個夢。這種好心情，一直持續到第二天，楊小宛問他昨天怎麼去她們家了，王洛說，我想你。於是兩人就再一次復習了昨天的情節。

楊小宛這天上早班，利用的是中午吃飯的間隙，不敢耽誤太久，就匆匆走了。

楊小宛一走，王洛滿腦子再沒了別的，只有那一個個細節他將之反反覆覆地咀嚼了上千遍，每一遍都是那麼的甜美。王洛恨不得立馬到車間去找她，可是他又不能。楊小宛不讓他去！

下午，王洛去上班，正是四班工人交接之際。王洛站在技術科的辦公樓上，在一片亂晃的腦袋裡面，尋找到了那顆讓他心動的腦袋，呆呆地看她爬上廠車，從自己的視線裡消失了。

到了晚上，王洛就像犯了鴉片癮似的，他的心被掏得一乾二淨，急切地需要一個東西填充。他不能遏制自己，他要去看她！

這一次，他順利地拐過了第八個彎，他忽地有一種衝動，情不自禁地就唱起了費翔的《讀你》：

讀你千遍也不厭倦，

讀你的感覺像三月。

……

歌聲在院子門前停了，停得突兀。細心人一聽，就會知道這是心懷鬼胎的歌聲。但王洛沒有這麼想，他停下自己的歌聲後，便豎起耳朵捕捉屋內的反應。他聽到了屋內傳過來的開門聲，他的心止不住咚咚地往外蹦，讓他想用手去捂。

那想得心疼的人從院子的另一頭過來了，他把臉從鐵條間擠過去，兩個人再一次吻在一起……兩個月，一共六十一天，王洛一天不拉地在晚上同一時刻，用他的歌聲敲開了楊小宛緊閉的窗子。楊小宛終於在一個她的休息日與王洛的星期天重逢的日子裡和王洛走到了一起。

他們首選的第一目標是城西的「明遼王墓」。

據縣誌記載，埋在那裡的是朱元璋的第十四個兒子，名叫朱植，死於永樂二十二年。據說，開墓前早被人洗了三次，如今只剩埋在黃土下的陰森森的券頂磚室。據說，先前古木參天，文化大革命中，古木便灰飛湮滅了。有一天，一位老先生重提舊事，在報上感歎了幾行文字，重新栽樹就提到了市長的桌子上。王洛去時，樹已栽了三年，活過來的竄得有了二三米高，一片一片，散在幾個古墓般的土包上，就又有人扛了上書「森林公園」四個字的大鐵牌子插到那兒，然後賣起票來。

王洛並不知這麼許多，他只是想找一個遠離城市的去處，遠離熟人的地方讓楊小宛的愛不再彆彆扭扭，不再偷偷摸摸，不再似愛非愛。

王洛的陰謀在這裡差一點就得逞了，要不是一個放牛的老頭在王洛撩開楊小宛的裙子之際不小心碰出了聲音，王洛就把生米煮成了熟飯。但楊小宛敏銳地捕捉到了樹枝彈響空氣的輕微變化，她奮力地把王洛從身上推到一邊，爬起來跑了。王洛從地上爬起來正好看到那老頭往下隱去的閃著油光的腦袋。王洛當時的想法就是把那顆油光光的腦袋擰下來，把自己憋得已經有些難受的一泡尿，淋在上面。

後來的一次是在楚國國都——紀南城，那是一次類似於遼王墓的機會。站在那一堆高高的黃土上，他們什麼也沒有感覺出來。王洛把那塊剛豎的石碑摸了兩遍之後，兩人就到旁邊的一個小塘裡去摘蓮蓬。

王洛在農村長大，小時候在小澗溝裡撲騰過黃湯似的水，也算是略通水性。王洛看著楊小宛吃著他摘的蓮蓬，心裡就想著如何再一次實施自己的陽謀。王洛問楊小宛好吃不好吃，楊小宛說好吃。王洛說：「再好吃也沒有你的小嘴巴好吃。」楊小宛說：「去你的，我再也不上你的當了，你要再說我馬上就走。」王洛看她的神情嚴厲起來，便涎了臉說：「我跟你開玩笑的，我保證把我心中女神的聖潔維持到她走進教堂那神聖的一刻。」

王洛的承諾對於他來說是一件痛苦的事，每一個和楊小宛分開的夜晚，為了對付思念的煎熬，他唯一的招數就是纏著同屋的夏澍，在棋盤上把黑白二子擺過去擺過來，不殺到轉鐘他決不會放過對手。

即便如此，他的夜晚仍然是焦躁的夜晚，然而，卻又透著沁脾的甜蜜。

6

一九八九年的夏天，是一個異常煩躁的夏天。

王洛一心想躲在自己的愛情裡，不問世事，幸福平淡地過完他卑微的一生，當一回孝子。但這，竟是一種奢望。

那天早晨，全廠的中層幹部和行管人員和往常一樣，聚在大會議室開每週例會。廠長胡明才也和往常一樣，搖動如簧之舌，從國際形勢講到國內形勢再到廠內形勢，他不無誇耀地說，周圍的紡織廠已紛紛停產，我們不僅不會停產，我們還要大發展時，幾輛警車呼嘯著衝進廠門，七八個刑警從車上跳下來撲進會議室。

「胡明才，你被捕了！」

「噹啷」一聲，一副手銬卡上他的雙腕。滿會場的人都呆住了，聶副書記在呆了一下之後，及時醒悟過來，她站起來拉住手執逮捕證的刑警說：

「你們抓錯人了，胡廠長是全省著名的企業家！」

「抓的就是他，有話到法庭上說。」

胡廠長從被挾持的位置上扭過頭，說：「老聶，你把這個會繼續開下去；我沒事，去去就回來，肯定是一場誤會！」

凝固了的會場突然亂了起來，所有的人都醒過來撲向窗戶、門、過道，爭著看廠長被押上警車的一幕。

兩輛警車隨即呼嘯而去。

聶副書記沒有看胡廠長被押上警車的一幕。她在她剛才拉刑警的位置上站著，臉上平日裡容光煥發的那層光彩被淚掩去了。她用手帕抹一下淚，鼻子跟著抽一下。王洛站在她的身後聽得十分清楚，他想說句話安慰安慰聶副書記，可一時又找不到合適的，終於什麼也沒說。

好一會兒大家才嘰嘰喳喳回過頭來，聶副書記用手帕掩住自己的嘴巴，使悲痛之聲不至發了出來。她的另一隻手揮了揮：

「散會吧！」

「廠長會不會有事？」王洛出了會場試探地問別人。

「沒事，人家吃飽了撐的！」

「為什麼？」

「憑他的收入，你不覺得他的房子太大了一點？」

王洛一下愕然，廠長那宮殿般的房子突然如山般地壓了過來，渾身上下頓時汗如蟻爬。

胡明才被抓的消息，半個小時後全廠皆知。各車間工人都放下手裡的活計，三五成堆、七八成群圍在一起，唾沫亂飛。

這天楊小宛上中班，一到廠就趕到寢室裡，見了王洛就問：「廠長被抓是不是真的？」王洛見了楊小宛，恨不得把她抱在懷裡哭上一場，心裡又感到這樣有些失態，便歎了口氣，然後一聲連一聲地怨自己的命不好。

楊小宛一時也說不出話來，兩個人你望我，我望你，眼睜著天就黑了下來。

楊小宛悻悻地走了。

王洛晚飯也懶得吃，早早地爬上床發楞。

到了十一點鐘左右，夏澍大呼小叫地撞開了門。

夏澍是毛織車間副主任，也是農村來的。他比王洛進廠早，戶口已轉。王洛問他怎麼轉的，他說他市政府有人。王洛相信他的說法，從廠裡給他騰房這件事就可以看出他絕非庸碌之輩。

他結婚時，沒趕上廠裡分房。他是單職工，就算有房也要排隊，可廠裡在他結婚時竟在單身寢室裡給他騰了一間寢室。

這一事件讓人議論了很長一段時間，意見最大的是騰寢室的單身漢們。有的寢室好不容易走了一人，可以擠出一塊空間讓牙膏、牙刷什麼的伸伸胳膊，彎彎腰，這下又得八個人上下鋪擠得滿滿的了。

怨聲歸怨聲，夏澍一個人住一間卻是鐵定的了。

夏澍的老婆是他老家一所小學的老師，到廠裡來看了一次夏澍在單身寢室改造的一室一廳的房，撇撇嘴走了再也沒來，夏澍便把前面讓給王洛住。王洛當時還想過夏澍讓他過去住的動機，等到和楊小宛交往深入後也就管不了那麼多了，在前面用布拉個簾子，他和楊小宛也算有了一個獨立世界。轉過頭再看和自己同來的那些人還七八個人擠一間寢室，王洛有時心裡難免要浮出一絲半縷的滿足來，對夏澍便生出幾分感激。

「王洛，你今天無論如何也要陪我殺個通宵。」

夏澍闖到前面把王洛從床上拉起來，他哈出的口氣帶著濃濃的酒味，一副醉醺醺的樣子。

「起來。起來殺一盤。」

王洛問他怎麼喝成這個樣子了，他說今天高興，喝死了才好。說著，從抽屜裡拿出棋盤，鋪在桌上，擺好架式，將一枚黑子拍在星位上。

「來，我用三連星對你的中國流！」

夏澍的興奮對於王洛簡直是一種嘲諷。

王洛說：「夏澍，廠長被抓走了，你好像一點也不急？」

夏澍說：「急？我為什麼要急，我高興還來不及！王洛，我看你最近好像在打擺子，一會熱，一會冷。我告訴過你漂亮老婆找不得，你偏不信。老婆漂亮了，做丈夫的絕對短命。還是我好，把個醜老婆丟在老家既安逸又穩當。」

王洛想反駁，夏澍手一揮止住了他。「你的事我都知道，不就是為個戶口。過不了多久，戶口屁的用也沒有。你看，今年廠裡的食堂就不再強調要糧票了，用糧票可以，用錢也可以。我告訴你，隨著農副產品上市交易的限制逐步取消，以後糧票就是廢紙一張。現在糧店裡的米都是些陳米，價格比市場上的新米只便宜幾分錢，已經沒人要了。現在到市場上買新米的人越來越多，以前背米袋子讓人看不起，現在滿街都是米袋子……」

說到背米袋子，王洛的心梗得一疼。

剛進廠，食堂賣餐票一律憑糧票，王洛沒有，就只有回家去背米。

王洛從家裡背著一蛇皮袋子米出來，那截土路他是怕走的。路有多長，挖苦就有多長。「不是進了城麼？不是跳了農門麼？怎麼還回來挎我們鄉里人的米？」這算是好聽的，不好聽的就是，「老子以為他蠻不得了，進了城又怎麼樣，還是只落得回來挎米，有本事你就去吃商品糧呀！」

到了城裡，時不時就有好奇的老太太將他圍住，問他背的是不是今年的新米，賣不賣？有一回旁邊一個人接著問：「你怎麼知道他不是在糧店裡買的？」老太太回答說：「一看就知道是個農村伢。」

王洛聽了，很不服氣，他自認無論從氣質還是從長相，他絕對不可能讓人一眼就看出是個農村伢的。單位裡好多嫂子都這麼誇過他，要不，楊小宛也不會看上他的。有一天，他問工會的女工主任，才恍然大悟。女工主任說：「城裡人買米，一般是家裡的老人，年輕人買米是很少的。另外，城裡人買米，多數用的都是裝麵粉的布袋子，很少有用那種裝化肥的蛇皮袋的。你這麼年輕，背著一蛇皮袋子米，人家還不一眼就看出你的身分來！」

女工主任的話，讓王洛一點脾氣都沒了。自己早就被烙上了低賤的印記，還自我感覺良好，這是怎麼樣的悲哀啊！先前把米交到食堂裡時，那個會計給他顏色看，他還不屑。這之後，再逢到食堂裡的那個會計抱怨時，他就趕緊低了頭，一副聽話接受教育的樣子。

每到餐票吃完，王洛就有一種世界末日來臨的悲哀與恐懼。後來有人告訴他，到小販子們的手上可以買到糧票，王洛一聽，就有溺水之人抓到稻草的感覺。

那一陣，荊州城裡浙江籍的小販特多，一律用板車推了滿滿的一車雜貨，什麼筲箕、塑膠桶、衣架、晾衣桿之類的小東小西沿街叫賣。城裡人就用吃不完的糧票找小販換個筲箕、塑膠桶什麼的，小販們再把手上的糧票賣給王洛們。

王洛蹲在街邊，眼睛牢牢地盯著那些吆喝的小販們，他想等小販吆喝到小巷裡再去找他們。他受夠了被人歧視的白眼，他想給自己殘存的一絲可憐的自尊留點空間。可是，小販們偏不進巷，好像魂丟在大街上似的，推著車在大街上走過來走過去。

這樣的等待有時需要半天乃至一天的時間。好不容易一個小販把車推進了小巷，王洛就像一隻蒼蠅見了腥臭的魚一樣，「嗡」地一聲就飛過去了。王洛擋住小販，小聲然而又是急促地打聽有沒有糧票賣。小販毫不為之所動，倒是生出幾分懷疑，先用提防打劫的眼光瞅他幾眼後，才說或有或沒有。在這一瞅之下，王洛就生出被人剝光衣服的感覺，只好由著他們開價。沒有遭遇還價的小販並不爽快，在懷裡磨磨蹭蹭不肯往外掏，等到看熱鬧的人圍過來了，他才從懷裡把早已摸成卷毛的一捆糧票掏出來，先在掌心裡拍一下，然後再用沾了涎水的拇指和食指慢條斯理地數一遍，數完了仍顯得意猶未盡，把揚起來的糧票再用手撫一撫，撫過了才偏了頭，眼睛往斜上裡翻著問王洛，買多少？圍觀的人便失了興趣，對繼續湧上來的圍觀者說：「沒什麼好看的，鄉巴佬在買糧票。」王洛可憐的一點虛榮往往就這樣被無情地擊碎。

王洛每次看著糧票上「嚴禁買賣」四個字就發楞，就想起車間師父講的一個故事，說前幾年十五斤全國糧票，就可以從山上帶一個老婆下來；兩個饅頭可以找個女人睡一覺……

王洛忽然原諒了楊小宛的父母，他們是對的。可以想像這一類的故事不知有多少曾在他們的周遭上演：有的為了一口糧，有的為了一份煤，有的為了孩子入託、有的為了孩子上學……不知演繹了多少悲劇！戶口，城市人生存下去的免死鐵券啊，平頭百姓怎可一時半刻或缺啊！

那些因為種種制度而被排斥於框框之外的人，所受的侮辱與生存的艱難，王洛的體味是深刻的。這與他父親身上的印記，就像一枚硬幣不同的兩面而已！

面對夏澍滔滔不絕的激情，王洛怎麼也無法讓情緒高漲起來。他何嘗不希望這害人的「戶口」早點死去，可中國的事，只要一興起來，就沒辦法除去。總有那麼些人，即便是攤狗屎，也有一種祖墳般地親切！

王洛無法為了遙不可期的可能，去幻想自己的愛情！他別無選擇，他只能為滿足愛所開出的條件而傷神悲愁。

王洛問夏澍有沒有門路，有，就幫一把，沒有，別在一邊搭台子看戲。夏澍說他有一個表哥在郊區一個村裡當書記，什麼工業占地、城建占地，他們多的是指標，轉個戶口，那是小菜一碟。

「我心裡埋藏著小秘密，……」

他忽然唱了起來。

王洛驚奇地看著夏澍，不知他哪兒出了毛病，手卻不知不覺揀起一枚棋子，按在自己一邊的小目上。

過了一天，夏澍陪王洛去郊區找他的表哥。

王洛買了盒555的香菸給夏澍。夏澍說：「辦成了你得表示表示。」王洛說：「那是自然。」王洛想，要是辦成了，至少送五百元的禮。

夏澍把王洛盡往路邊裝飾豪華的餐館裡帶，王洛不解地問：「怎麼會在這種地方。」夏澍說：「方便。」可是在這方便的地方並沒有見到他的表哥。王洛說：「到他家去找找吧。」夏澍說：「不可能，他的家給舊表嫂了，新家還沒有裝修好。」想了想說：「到村委會問問看。」

村委會的一幢樓房，用歐式的鐵欄杆圍著，圍欄裡有花有草，有亭有閣，有山有水。要不是路邊的招牌提醒，誰會把它跟一個村委會連在一起呢！電影裡那些富豪的別墅才是這個樣子的，王洛想。

村委會的門房裡有個老頭在發蜂窩煤爐子，煙霧騰騰。

夏澍喊：「劉哥，包老闆在不在這裡？」

包老闆就是夏澍的表哥。

老頭抬頭，王洛被他的一額頭皺紋嚇了一跳。心想，這皺紋只怕比父親的還多。老頭在王洛心慌意亂之際，給夏澍讓了座。他告訴夏澍他表哥和派出所的幾個人在這裡打了一夜麻將，剛收手吃飯去了。夏澍便和他說起閒話來。那老頭話不多，王洛光聽夏澍在說。說了會，夏澍從椅子上站起來，說：「我們走了。」

上路後，王洛問：「這人是誰？」

夏澍說：「新表嫂的爹。」

王洛問：「這人多大？」

夏澍說：「四十多一點。」

王洛問：「怎麼看上去這麼老？」

夏澍說：「山裡人窮，都這樣。不過，也是個怪氣，他姑娘長得，那才叫水靈！」

王洛看他快要流出涎水的樣子，想說句什麼，卻找不到話了，便收了眼光，專心地騎自己的路。兩人一前一後騎了一大段悶路，還是夏澍開了口，說：「你別急，先回去吧，我晚上給他打個電話，聯繫好了再告訴你。」

進了城，夏澍說他到市政府有點事，說完先自走了。

7

廠裡完全亂了套，先是銀行將資金凍結了，接著工作組入廠查帳。一線工人像倒了圍子的鴨子，每天東一撮西一撮互相打探消息。

王洛無事可幹，去俱樂部看報碰到了夏澍。這幾天夏澍早出晚歸，見了面也不提戶口的事。這時，他告訴王洛，說他表哥那兒有指標，不過，一個指標要五千塊。

五千塊！

王洛的心不由一怔。提到錢王洛就想起他的父母來，他們到哪兒去弄五千塊錢？那幾畝薄地父母是怎樣竭心盡力顛來倒去地伺弄，可就是長不出錢來！而他自己假如要弄五千塊錢，怕就只有搶銀行了！

王洛謝了夏澍，看報的興致沒了，卻又不敢在廠裡待，怕楊小宛找他。他不敢看她失望的樣子，便把那輛破自行車在馬路上亂騎。

王洛轉了一大圈，回到廠裡，在廠門口看到了一張通知。

全廠職工：

鑒於目前特殊情況，全廠職工暫時放休，每星期一到廠報導，聽候安排。

特此通知，望相互轉告。

廠部

一九八九・九・十八

這一通知，算是對前一段無序狀態的一個交待。

楊小宛上班見了通知，便徑直去單身寢室找王洛。單身寢室有一種潰逃的混亂，單身漢們紛紛收拾行囊準備回家。幾個剛從技工學校分來的青工，滿臉興奮，嚷著要好好出去玩一玩。楊小宛穿過眼睛的夾縫敲開王洛的寢室門，王洛還在睡。

楊小宛生氣了：「廠裡已經放假了，你曉不曉得？」

王洛想和她親熱一下，楊小宛拒絕了。

楊小宛說：「虧你還睡得著！」

王洛說不出話，便老老實實到水龍頭底下刷牙、洗臉。忙完了進來，楊小宛問他事辦得怎樣。王洛裝沒聽見，再一次把楊小宛往懷裡拉，楊小宛冷冷地把他推開了。王洛看她一眼，恰好和她的眼神對了個正著，那雙眼裡充滿了責備，沒有一絲激情。王洛心裡往上竄的一星火苗，在這雙審視的目光中熄滅了，他蔫蔫地說：「人家要五千塊錢。」楊小宛問他有什麼打算？王洛說：「家裡實在拿不出這麼多錢。」楊小宛看著王洛坐在床上的一副傻相，到了口邊上的話就嚥了回去。

楊小宛坐了會和王洛告辭，王洛留她在這兒吃中飯。楊小宛說：「你還是去吃早飯吧。」王洛說早餐免了他直接來燒中飯。楊小宛說她有事。王洛說：「算我求你。」楊小宛猶豫了一下，答應了。

王洛如獲至寶，騎上他的破車，嘀哩噹啷就奔菜場去了。回來後王洛忙著洗菜、淘米，楊小宛則在一邊洗著他的衣服。王洛忙著忙著竟哼起了歌。

楊小宛洗了衣，想插手幫忙，王洛不讓她插手，他把她擁入懷裡，輕輕地吻了一下，抱起來，放到床上。王洛做得小心翼翼，就像抱著一個易碎的花瓶。他把她放穩後，在她額上再一次輕輕地吻了吻，說：「坐好，乖。」楊小宛靠在被子上，看著王洛躬起蹲下的身體，淚卻在不知不覺中爬出來流滿了臉。她趕緊用手背去拭，可怎麼也拭不乾……

王洛完全沉浸在和楊小宛在一起的愉悅之中，他沒注意楊小宛的變化。他蹲在電爐旁把飯盒掂過來掂過去，他可不想讓楊小宛在這兒吃餐糊飯。然而，楊小宛忽然發出的說話聲，撕碎了浸泡著王洛的幸福。

「我們不可能在一起，這種感覺我越來越強烈！」

王洛詫異地回過頭，他的目光被楊小宛的淚水打得濕濕的。他放下飯盒掏出手帕，捧起她的臉原本想替她擦淚，心忽地一絞，他低下頭把她臉上的淚一滴一滴用嘴撮了起來。那鹹鹹的淚水沉到王洛心裡，他說不出自己是一種什麼感覺，只是感到眼眶有些發澀，他趕緊將之攬入懷裡。

楊小宛說：「家裡已經知道了廠裡的事，說這個廠再也不會有希望了，要我們還是早分手好。說如果不分手，到時候可別怪他們不客氣。」

「我好怕！」楊小宛說。

「別怕，一切都會好起來的！」

楊小宛忽地把王洛緊緊抱住，彷彿生離死別就在眼前。

王洛慌忙放開楊小宛，把飯盒從電爐上端起來，卻忘了用抹布。飯盒在他的手裡發出「嗞嗞」的響聲，鑽心的疼使他下意識丟掉飯盒，飯濺了一地。

他愣住了，回頭尷尬地看著楊小宛。

「快，讓我看看手！燙壞了沒？」楊小宛將王洛的手拿過去托在手心裡——王洛左手的拇指、食指、中指三個指肚燙成了三塊白色的光滑的平板，木然而沒有知覺。楊小宛趕出去在廠醫務室買了一盒綠油膏，回來把王洛的手指擦了兩遍，然後用手帕包好，又將能吃的飯刮了一小碗。

做完了這些，楊小宛說：「我該回去了！」

王洛白癡似地看著楊小宛騎上車走了，楊小宛騎了很遠，他才回過神來。

「小宛！」他衝著楊小宛的後背大喊。

楊小宛就要轉彎，她沒有停車，也沒有回頭。但王洛覺得她的身子晃了一下。

王洛想，她一定聽到了。

手指肚跳跳地疼到晚上，鼓出三個亮晶晶的水泡。疼得王洛一點睡意也沒有。

十二點三十分，門鎖一陣亂捅，夏澍滿身酒氣地飄了進來。

「王洛，你還沒睡？」夏澍問。

王洛「嗯」了一聲，算是回答。夏澍到後面給自己泡了一杯茶端到前面來，說：「跟工作組喝的，喝多了點。」

王洛有些不解，問夏澍：「你工作組也有熟人？」

夏澍說：「喝酒不一定要有熟人，沒熟人就不能喝？」

夏澍的話在平時王洛絕對接得上茬，但現在心亂如麻，他哪有心情和他鬥嘴。夏澍見王洛一副愛理不理的樣子，便問他是不是還是為戶口的事，王洛沒點頭也沒搖頭。

夏澍說：「王洛，不是我說你，你呀，真他媽扯蛋。你一個農村人憑什麼想娶個城市老婆？」他手一揮，說：「你不要跟我講你的那一套愛呀恨呀，我不想聽。你說我庸俗也好，說我別的什麼也好，總之，以你現在這個樣子，你就不行。這不是門當戶對的問題，這是生存所決定的。你自身再優秀，可你的優秀不足以養家糊口，你的優秀和平庸就是一樣，甚至連平庸也不如。你的癥結其實非常簡單，就是兩個字：錢和權。要是你有錢，什麼戶口、房子，還不是小菜一碟；要是你手中有權，那就更不用說，你甚至連力氣都不費，所有的一切都會隨之而來！」

王洛這是第一次遭遇夏澍如此有內容的談話。在這之前，夏澍在王洛的眼裡，離了酒杯端茶杯，放下茶杯摸麻將。王洛對於夏澍能在黑白子的世界裡折騰一番雖有所懷疑，但終是沒有深究。難怪古人說不可以貌取人呢。

其實，夏澍在胡明才被捕這一事件裡起了決定性的作用。

夏澍在市政府的表叔，那個在官場上混了大半輩子的小老頭，睜大他被酒精薰得只剩一條細縫的醉眼，堆滿了贅肉的額頭略微地一皺，就看出了夏澍的前方有一片隱約的光明——人模狗樣的胡明才滿手是屎，任他怎麼擦也擦不乾淨，即便他狡猾賽過狐狸，他那幢房子也足以讓他吃不了兜著走。夏澍一點就穿，他把蒐集到的材料交給那一額頭贅肉的小老頭，胡明才就鋃鐺進去了。

這個官位猖獗的國度，士是第一等的。

一部二十五史密密麻麻的方塊字，不過是「爭權」二字的變種而已。無論是一將功成白骨枯，還是學而優則仕，都不過是為奔官而已。而為官之道無非兩條：一條是狗，俯首貼耳，做一個好的奴才；一條是狼，瞅準空子，死咬對手一口——咬著了天下就是自己的，咬不著先一等落荒而逃，次一等兩敗俱傷，再次一等就做了砧上肉。

狗和狼其實是一家，狗一有機會就變成了狼。

夏澍將胡明才咬得遍體鱗傷，他那高大巍峨蓋著黃色琉璃瓦的院牆被推倒了；他於宮殿般的主樓外另起的占地八十平方米的飯廳被撬開了蓋子，傾斜的預製板高高地翹著，掛滿了恥辱。成功的喜悅需要人分享。難以抑制的得意，從他的心底爬到了嘴角。

「王洛，以後你聽我的，包你沒得錯！」

王洛哪知道這些。雖然胡明才的院牆、飯廳已經扒了，可王洛的眼裡，胡明才仍讓人生出百足之蟲，死而不僵的感慨，凜然不可侵犯。所以，王洛見面的一句話毫不識趣：「工作組來查人家貪污腐敗，自己大吃大喝難道就合適？」

夏澍很大度地笑了笑，說：「工作組也是人麼，是人就要吃要喝麼。一吃一喝就是腐敗，那還有沒有人工作？」

王洛看著夏澍的樣子不由來氣，感情你還真跟我一套一套的，那好，我今天就跟你說過明白。王洛問夏澍：「這個廠搞成了現在這個樣子，該由誰來負責？周邊的紡織廠早就垮了，惟獨我們廠還在生產，這算不算成績？你查廠長的問題，為什麼要讓我們老百姓跟著倒楣？」

夏澍喝了一口茶，用手勢止住了王洛。

夏澍說：「不要光看到自己手裡每個月拿的百十來塊錢，你應該想想我們這個廠開一天門，國家損失多少！我把這個帳給你算一下：胡明才進這個廠十年，欠銀行貸款不包括利息，累計已達兩億九千七百萬元。照此計算，平均每年虧損兩千九百七十萬元，每月虧損兩百四十七萬五千元，每天虧損八萬兩千五百元；另外，他還欠著六千萬元的三角債。你說，這個廠還能不能開？你說，胡明才該不該抓？這麼多錢，他是怎麼虧下去的，你想得出來嗎？你再想一想，十年來工人創造的價值又去了哪裡？還有，這十年，胡明才鑽政策的空子，每隔三年上一個項目，由此而騙取三年免稅的優惠政策。換句話說，這十年，他沒向國家繳納一分錢的稅金！你說，這樣的人，功在何處？成績又在何處？」

王洛很少見夏澍這麼激憤，他被酒精薰紅的兩隻眼，乍一看，彷彿在流血似的。

「這幾天，我參加工作組查帳，越查心裡越疼。假如這麼多錢分給工人，每一個工人要分十幾萬。十幾萬啦，什麼都不幹就可得十幾萬啦！可是，這十年裡工人們加班加點所得的工資還不到兩萬……」

王洛問：「銀行為什麼貸這麼多錢給他？」王洛說：「假如沒有銀行的放縱，哪來胡明才的腐敗？」夏澍沒有直接回答王洛，只是看著他，看得王洛都有些受不住了，才想起什麼似的，猛喝一口茶，把很多茶葉喝進了嘴裡，他便不停地往外吐茶葉，吐完了說：「王洛，你這個問題問得好。我最欣賞你的就是這一點，看問題總是一下擊中要害。但願這次能將他連根拔起。」

也許是茶葉的緣故，他說到最後顯得有氣無氣，給人一種無可奈何的感覺。

王洛歎了口氣，說：「苦來苦去還不是我們老百姓遭殃。」他想起曾經聽過的一個故事：說是有一個村的村長貪得無厭，怨聲載道，可一提換個村長，全村人都不同意。上面派來的人不理解，問為什麼，沒有人回答。工作組有一個年輕人明查暗訪，最後感動了一個老頭。老頭說在農村，水田裡有一種害蟲叫螞蟥，專吸人畜的血，不吸飽決不甘休。不過這害蟲也有個好處，就是吸飽了，盯在那兒就不吸了。老頭講完後歎了口氣，說，我們村長現在就是那只吸飽了的螞蟥，再吸肚皮已經裝不下了。假如你幫我們把他趕走了，就等於把我們的傷口向別的螞蟥又敞開了，剛來的肚皮都是空的，吸起來那不要了人的命……王洛的眼裡，曲折有致、蕩著美麗波紋的尤物竟變成了夏澍的臉。很遠的記憶像衝破了柵欄的野獸，四處亂竄。他的心一驚，使勁眨了眨眼，才看清夏澍的臉。

夏澍有些不自然，他笑了一下，說：「王洛，不是我說你，你演講的那股銳氣，那股激情都被這個狗屁戶口消磨得沒了。」

王洛的臉沉了下來。近來，他最不願別人提的就是演講，一提，他就覺得又撕開了他剛剛結痂的傷疤。那些關於理想，關於青春，關於在崗位建功立業之類的空話大話，侃起來天高地厚，山南海北還真像一回事，可落到實處一句也兌不了現。他想，無怪古人要說清談誤國，他雖誤不了國，可他實實在在是誤了自己！

王洛說：「別提了，那些東西等於放屁。你還有沒有辦法，要有，就幫我一把。」

夏澍莫測高深地笑了笑，說：「你等著瞧吧！」

8

一星期沒見著楊小宛，王洛像掉了魂似的。星期一早早去報導，以為可以見到楊小宛，可等的報導的人都走了，也沒見到她的人影，王洛心裡那個慌就沒法形容。他失魂落魄地往單身寢室走，整個單身寢室也沒一個人。

王洛有些受不住了，沒想到這個時候楊小宛從後面騎著車趕了上來，王洛的驚喜自不待說，到寢室裡又是親又是抱，恨不得整個人都融到她的身子裡去。

對於王洛的熱烈，楊小宛和冬天的一塊冰差不多。

「你怎麼了？」王洛問。

楊小宛說：「我們還是分手吧！」

王洛不解地看著她，說：「這麼多天，我盼星星盼月亮地盼你來，盼來的難道就是你的這句話？」

楊小宛說：「你知不知道我說這句話心有多疼？」

王洛說：「那你就不說。」

楊小宛說：「這個世上究竟還有沒有愛情？為什麼在生活的面前，她是如此脆弱？」

王洛說：「那是你自己對愛情的動搖，而不是愛情本身的脆弱！」

楊小宛說：「難道我的愛情就得和住最差，吃最差，穿最差連在一起？我本不想說，可這一切又是無法迴避的事實啊！」

楊小宛的話一下刺中了王洛心窩，那疼像碾過泥濘的車轍。他從來沒有想過，自己的愛竟是建立在所愛之人的痛苦上，這究竟道不道德？假如這是不道德的，那愛情究竟是什麼？

淚，從楊小宛的眼裡滾落下來，滴在王洛的手臂上。王洛想把她攬到自己的懷裡，這次，她拒絕了。

楊小宛說：「今天，我可能要和一個男的見面。我想了很久，覺得應該告訴你。」

王洛一下傻了，癡癡地望著楊小宛。他感到自己如此深愛的這個女孩，是如此陌生，如此不可理喻，是如此絕情！

「我實在沒有辦法，他們逼得我簡直透不過氣來。我想，我們該結束了！」

「不。不要。」

王洛的否定蒼白而又無力，說是祈求也許更為準確。

楊小宛說：「這是命。我認命。」

「我知道你已失去了信心，不然，你不會這樣的！」

王洛說完這句話，淚湧滿眼眶。他覺得不能讓它流下來。一個男人怎麼能輕易在一個女人面前流淚？王洛使勁睜著雙眼，想讓眼淚重新回到眼皮後面去，可他分明止不住那從心底湧出的酸楚，那黯然神傷的酸楚，都凝集到了他的兩眼之中。

楊小宛說：「王洛，就這樣吧，我要走了！」

王洛心裡大喊著：不，不！可喊出聲的卻是：「滾，你滾，你給我滾得遠遠的！」

他扯過毛巾捂住臉龐，淚水恣肆地奔湧而出。

這一天，是一九八九年中秋節的前一天。月亮不等天黑就從東邊爬了出來，圓得讓人心驚肉跳，在浮雲間自在地飄來蕩去，一副不問世事的樣子。

王洛站在廠區大路上，有一種身處曠野墳塋的絕望。他感到自己的血滴滿了廠區空曠的馬路，而浮游在雲層裡白餅似的圓盤，像這個世道流行的冷臉，那束白光透著乜斜的意味，和他曾經飽受的冷眼如出一轍。

微涼的風悠悠地吹著，花欄裡凋蔽的花木搖響了絮絮的枯葉，彷彿吟唱著一曲淒涼的輓歌。

王洛想，是為這個死掉的廠，也是為自己的愛情。

他恨楊小宛選擇這樣一個日子來宣判他們愛情的死刑，這是天人團圓的日子！假如是別的日子，他王洛決不會如此痛苦。這樣的日子註定了一切對於他都是一種嘲諷。他想，蘇東坡「何事偏向別時圓」的詰問，真是透著骨髓裡的淒涼。可是，蘇東坡還有一招「千里共嬋娟」聊以自慰，他王洛有什麼呢？他什麼也沒有。

人雖在，月難共！

王洛忽然覺得自己不能就這樣輕易放棄，他幾乎是一口氣跑到通往楊小宛家的那個小巷子口的。先前的塹壕已經埋上了水泥管子，接頭用磚砌了高高的墩子，在沒有路燈的小巷裡，像荒野中的一座座新埋的墳塋。他轉過第八個彎後，看到縮在第九個彎道處的那座院子，今天是格外地明亮，大門屋簷下的燈放著慘白的光芒，逼視著每一個從這條巷子走過的人，同時，把一種讓人猜測的喜慶放射出來。

王洛覺得這一切都是針對他的，他想別人和此有什麼相干，流血的只有他！它甚至不允許他走得太近，它讓他的痛苦在夜裡也無處躲藏！

往日，他走過這個彎，他的歌聲就響起了，在歌聲停下的地方，就是他心愛的姑娘等待他的地方。

現在，他的喉嚨是哽咽的，他的心是灰暗的，叫他如何開口？他走到接近院子燈光的邊緣停了下來，他今天做什麼呢？此刻，這個院子裡曾和他親吻過的女孩在幹什麼呢？她真的和另外的陌生的男人在一起嗎？她和他在一起做什麼？他會不會也吻她？

他頹然地坐在一座「小墳」上，他覺得此刻的他是那麼地孤苦無助，他什麼也做不了，但是，他有一個明確的目的，他要讓她知道：在她和別的男人在一起的時候，他就坐在她的門外。

王洛坐在那墳塋一樣的水泥墩子上，他覺得他還是只能唱歌，他不唱，她就不知道他在這裡；他不唱，她就不知道他愛她有多深；他不唱，她這個負心的女人就不會生出愧疚。可是唱什麼呢？王洛忽然覺得要想找一首和他此刻的心境完全吻合的歌，竟是那麼困難。他想起了齊秦的《花祭》：

你為什麼不願意，
留下來陪我？
你是不是春天已過，
一定要走？
……

王洛唱了多少遍，他不知道，圍觀的人什麼時候過來的，他也不知道。所有的指責落到他的頭上時，他才從齊秦的歌裡走出來。「這麼晚了，你發神經到別處去發，這裡可是居民區，大家要休息，明天還要上班。」在責罵聲裡，從楊小宛家院子裡射出來的燈光熄滅了，包括她房裡的燈光。王洛想，他是該走了，她一定聽到了他的歌聲！

他悲傷的心底湧起一絲微茫的安慰，他藉著這一絲安慰走出這彎彎曲曲的巷子，渴盼著明天的來臨。然而，這一次沒有明天。

王洛千真萬確地失戀了，就連跟著工作組查帳忙得神神秘秘的夏澍，也注意到了王洛的反常。

「王洛，王洛。」

夏澍這一天等到半夜等到了他。王洛一進門，夏澍就在裡屋問他這幾天在幹什麼。

王洛自己也不知道這幾天幹了些什麼。除了床，就是江堤——他的腦海裡零碎地閃過江鷗、水浪、嗚著汽笛的船舶……

「我看你的樣子八成是和楊小宛吹了。」夏澍過來說。

王洛愣愣地望著他，那空洞呆滯的目光，讓夏澍無法面對。夏澍愣了下，裝出熱情的樣子，說：「王洛，跟你透露個好消息，今天吃飯的時候，工作組說市裡將派一位新廠長來。新廠長帶了五十個商品糧指標，你可要作好準備。」

王洛的心猛地一跳，一股熱流貫遍四肢。

五十個！

夏澍接著說：「不過，這次跟以前不同，這次是作了價的。三千塊錢一個，市裡是作為啟動資金撥給廠裡的。」

王洛心中的熱流只這一下就結成了冰塊。三千塊錢也好，三百塊錢也好，王洛覺得已不是自己該想的事了。

夏澍坐了會，見王洛始終提不起神來，便到後面睡去了。

王洛卻睡不著，幾天來煩亂如麻的腦子沒想到這時被三千塊錢一激，倒理出了一個頭緒。

他想，這個國度，將人分等的歷史實在是太久遠了，從孔老二的所謂君子小人，到臭名昭著的魏晉士族制度，再到蒙古統治者將國人分為五等，再到清朝的所謂南人。什麼時候王洛及王洛的先民們不是飽嘗被人欺辱的命運？這個時代口口聲聲叫嚷消滅「三大差別」，而所謂的「差別」正是這些叫嚷的人一手弄出來的，而那些為消滅差別所定的條條框框，反使人為的差別固定化，程序化，鴻溝越來越深，以至不可逾越！

王洛覺出一種深層的悲哀。在這種無以復加的悲哀中，他的心反而堅強起來。面對在背後做了多年的骯髒交易後，現在終於不再遮掩，終於撕下了那層遮羞布，終於跳到前台赤裸裸地叫嚷：拿錢來的勾當，他愈發地將之輕賤了。

雖然他的愛被這一制度隔在了彼岸，但那又怎麼樣呢？他想，我已失去了愛，不可再失去唯一屬於自己的氣節！他想起父親梗著的脖子。是的，都來吧，都來吧！

他清楚，在這一切面前，自己的確不過就是一隻螞蟻。人對於螞蟻，不啻於上帝。可是，有誰看到過螞蟻對人屈服過？有誰看到螞蟻對人膜拜過？

在他看來，所謂的制度，所謂的章程，都不過是權勢的玩偶而已。

他的心充滿了厭惡。

9

星期一，新廠長來了。

他精瘦的身子，配著小巧的腦袋，在主席台上無法擺出胡明才富富態態威威武武的架式來，讓王洛想起「沐猴而冠」那個詞來。

他慢條斯裡地發表了就職演說，先是大貶一通前任如何貪污，如何腐敗，接著便誇自己受命於危難之際，挽狂瀾於即倒如何悲壯與豪邁，空話大話的盡頭是資金緊張，行業虧損，很自然地就過渡到了商品糧戶口上，最後宣佈：繼續放假。宣佈完了又著重強調了要轉商品糧戶口的或親戚要轉的，請速與廠辦聯繫。這時候，他一改羸弱之態，站起來把嘴湊到話筒前重重地重複了兩遍，又把話筒從座子上抽下來，挺著胸膛說了一遍。

散會後，王洛到處找楊小宛，沒找到。王洛紅著臉問車間主任，回答說請了假。王洛的心徹底絕望了。他想，留下來也沒意思，還不如回家。

該回家了！

王洛踏進家門時，母親正橫騎在一條大板凳上磨鐮刀，聽見聲音，抬起頭見是王洛，笑瞇瞇地從板凳上站起來，手往外一伸似乎要幫王洛接東西，手裡卻是一把鐮刀。母親彆扭地笑了，忙把鐮刀放進瓦盆已成泥漿的水裡。

「吃飯沒？」

王洛來不及回答母親，卻被堆滿了半邊堂屋的穀怔住了，問母親是不是中穀還沒有賣？母親說：「這是口糧，準備賣了取人。」王洛心裡一驚，取什麼人？母親說：「你哥被關到鄉里去了。」王洛忙問為什麼。母親歎了口氣說：「他沒交提留，大隊（村）裡來逼，你嫂子二裡二黃的，不曉得賠笑臉，說好話，卻跟別人鬥狠，治安隊的人就把你哥抓走了。」母親說：「你哥跟你爹一個樣，一榔頭砸不出個屁來。他要是哼一聲，別人也未必真的就把他抓走。別人要他走，他就真的跟他們走了。治安隊說了，不交錢不放人。」王洛問：「欠多少？」母親說：「欠三千。提留一年比一年多，種田硬是活不下去了！」

王洛疼的心這時加上了慌。

「媽，不是發了監督卡嗎？」

「那是糊上頭的，有個屁用，到頭還不是他們口裡一句話！」

「我去找他們！」

母親看了王洛一眼，問：「認得人？」

王洛沒有做聲。母親就又說：「你去了千萬不要說氣話，胳膊拐擰不過大腿的，到老還是我們吃虧！」

「我曉得。」

母親還想說什麼，嘴動了一下卻沒發出聲，轉身進了屋。

母親的背橫在王洛的面前，單薄而瘦小，脊樑微微有些駝。那件燈芯絨夾襖裹在身上像一件麻袋片子。春、秋兩季，母親就指望著它在禦寒！

王洛看不下去，到隔壁借了輛自行車就走。母親趕出來說帶點錢去買盒菸。王洛看見母親手裡捏著一張拾圓的鈔票。王洛說：「不用。」便匆匆往鄉政府騎。

在鄉政府一間又小又暗的屋子裡，王洛看到了他的哥哥。他坐在牆角的一堆稻草裡，下巴抵著抱在懷裡的膝蓋上，亂糟糟的頭髮黏滿了稻草也掩住了他的眼。他勾著頭不看人。

王洛站在窗前，臊烘烘的氣味從窗戶裡鑽出來，王洛感到自己有些受不住。王洛喊了他一聲：「哥！」他抬頭看了一眼重又低下去了。王洛看見他縮成一團的身子抖了一下，他覺得他一下蒼老了許多。嫂子不知從哪兒來的，這時抱著小侄子也站到窗戶跟前。王洛看到她臉上有殘留的淚痕，小侄子緊攥著鐵窗咿呀學語。嫂子說：「你哥哥他已經兩天沒吃東西了，他們逼他交錢，說是不交錢不放人。」我說：「他們這是非法拘留，是執法犯法。他們說在你到哪裡告都可以，不交錢就是不放人。」還沒說完，聲音就啞了，淚在眼眶裡打轉，眼一眨，淚簌簌而下。

鄉里的治安隊王洛有位同學，前幾天恰好在城裡遇到過。當時，他的同學聽說他在城裡工作，表現了少有的熱情，臨分手相約，彼此有事要互相幫忙。王洛原以為只不過是一句世故的套話，不想今日竟要應驗了。

王洛找到他的同學，原想和他理論一番，沒想到開口卻說家裡已準備賣了口糧幫他先交一部分，其餘的部分一定想辦法補上。王洛的同學說，他們也是沒法，現在各村不交提留的太多了，不狠點不行。現在的農民狡猾得很，你可要他快點交錢，我這裡先跟你擔著，不然，我也不好說話。說著，當場打開門鎖，把人放了出來。

王洛沒理他哥，到外面買了一袋子水果提到同學家，逗了逗他的小姑娘，給她削了一個大蘋果，又說了一大堆謝謝才回家。

這時，家裡已坐滿了人，爹媽、哥嫂、街坊鄰居、族中的伯叔嬸娘、兄弟姊妹都在大罵當官的心黑，只顧自己快活，不顧老百姓死活，一畝田要交三百伍，這田不種了，到城裡去打工。見王洛回來，便一下圍著他問長問短。彷彿王洛成了了不起的英雄，彷彿此舉為整個家族乃至整個王兒嶺爭了一次大光，他們以前所未有的目光看著他。

王洛走在鄉村的土路上，開始有了熱情的笑臉，彷彿他真的有了出息，彷彿他真的在外面混得有鼻子有眼了。王洛只覺得心酸，那種酸使他恨不得抱著誰痛哭一場，他們哪裡知道王洛在城市裡是怎樣生活的啊！

城市，城市從來就不是鄉里人的天堂！

家，曾經給王洛帶來的那種親切、溫暖的感覺，此刻蕩然無存。家，已不再是他的棲息之地了，已不可能再接受他了！

他得走，可是他能走到哪裡去呢，哪裡才是他的「家」呢？

王洛的心一片茫然。

10

王洛做夢也沒有想到，等他回到令他心碎腸斷的工廠時，他再一次看到了占滿他所有思念空間的那個女孩，他沒有想到命運對他居然如此眷顧，他把楊小宛緊緊地抱在懷裡失聲痛哭。

他們彼此經受了一次失而復得的輪迴，曾經的心疼這時變成要牢牢擁有的衝動，兩人急迫地吻向對方的臉頰、額頭……

這一吻天長地久，直吻得太陽失色，他們純真的心上騰起兩團聖火，彼此照耀著，靈魂終於踏上回家的路……

「我們登記結婚吧！」

「好！」

王洛讓她等他，他現在就回家。他要把這個喜訊告訴父母，他要把迎娶的方案帶給他的愛人！

母親聽說要給她娶一位城裡的媳婦，看著王洛直笑。父親也跟著說了句好，父親說完了好後，便問王洛得要多少錢。王洛說不知道，停了下說，他想按老規矩把婚事辦得熱鬧一點。父親沒有做聲，噙在口裡的那根劣質香菸被他吧得濃煙四起。母親說：「算一算，大概要個什麼數。」父親仍是抽菸，大家都望著他。母親又小聲地催問了幾遍，父親歎了口氣說：「最少也得要五千塊錢！」

母親問父親，有沒有辦法？父親又不開口了。過了好久，父親說：「老二，爹跟你打個商量，明年結婚可不可以？你曉得，這回因為你哥的事，現在手上一分錢也沒有，連口糧也賣了。」王洛說：「借一借吧！」父親說：「現在哪個還敢借錢，四五分的利息錢，五千塊錢，爹這一輩子只怕也還不起啊！」

母親問：「真的沒法了？」

父親說：「辦法倒是有一個。」

「什麼法？」

「賣屋！」

王洛心一聳。

「賣屋？」

屋就是家啊——家乃是棲息的根之所在啊！這個屋，可是父親、母親、哥哥、姐姐用盡了血汗才蓋起來的！賣了屋，這一家大小到哪裡去安身？他又怎麼把楊小宛娶進家門？

這哪裡是辦法，這是活活地剜所有人的肉啊！

「爹，不說了。我就是打一輩子光棍也不說了，這屋絕對不能賣！」

事情最後竟是這樣，王洛的心疼得滿地打滾。

這個家裡他還怎麼待得住？他要走，要儘快走。再不走，他會承受不住自己的心痛了！他的神志這一刻早已邁不開一步，但他的腳每邁一步卻是那麼堅強。他沒走幾步，聽見母親趕出來說：「老二，吃了飯再走！」他回過頭，難澀地擠出一抹笑來，他搖了搖頭，淚從他的眼裡差點甩了出來。他趕緊轉過頭，死死地咬著牙忍住了，他知道他還不能哭。

他走了老大一段距離，他知道家已被村頭的樹遮住了，他忍了又忍的淚，這時，再一次湧進眼眶。他回頭想再看一眼自己的家時，卻看到他的弟弟跟在他的身後。他不得不把心底的酸楚再次深深地埋藏起來，他望著弟弟做了一個笑的動作，他要把堅強留給自己的家人！

「回去吧，多安慰爸媽，別讓他們為我急，我沒事！」

王洛從家裡趕回廠裡，楊小宛仍在等他。這個為愛付出了一切的女孩，讓他羞愧無地。沒有什麼時候，使王洛像現在這樣真切地意識到自己的窮。

「我對不起你，你打我，你打我！」

他抓起楊小宛的手就往自己的臉上抽。楊小宛不知所以，本能地縮回了自己的手。

「快說，到底怎麼了？」

「家裡一分錢也沒有，爹說讓我們明年結婚！」

楊小宛一怔，她滾燙的心一下沉到冰窖裡。

「為什麼？」

「窮！」

如此的結局，對於全身心都為了愛的一個女孩來說，豈一個「窮」字承載得起的！

她是為愛而來的！

她對自己和一個不相干的男人見了一面，充滿了自責。她認為，這不僅僅是對愛情的侮辱，更是對自己人格的侮辱。被人愛無疑是幸福的，無人愛是悲哀的，而不能愛則是絕望的。她的家不讓她愛，王洛的家則是不給她愛。

楊小宛感到一種受騙上當的屈辱，她覺得是自己太賤！要不是自己太賤了，王洛的家裡會拒絕為他操辦婚事嗎？她覺得愛就像人的眼睛，愛的雙方都有呵護的責任。但是，王洛沒有，他沒有！如果不是，愛的結局決不會是這樣？

她哭著從王洛的寢室裡衝了出來。

王洛知道這樣的結果對於她的傷害是無法挽回的，知道這一刻所有的解釋都是蒼白的。他不能讓她走，她這一走，什麼傻事都可能做得出來。王洛追了一百多米才抓住她，然後強行將她擁進寢室。

王洛看著她，恨不能割開自己的胸口，讓她看一看他的心。王洛更想有一個法子，一眨眼就能變出錢來，假如這樣需要他用他身上某一部分來換，這一刻，他也不會含糊。可惜，在他們兩個人的世界裡，什麼也無濟於事。

王洛忽地感到這五年恍若一夢，到如今這夢方醒。這破工廠遲早關門已經是無疑的了，這半死不活的工廠絕對不會再是他的希望！

他的眼裡，這一刻全是夏澍每天醉態醺然的影子。他想，那五十個商品糧指標換來的錢，只怕已差不多吃光喝光了，他應該是早就知道這一點的。他要走，他要走得遠遠的，他是一個男人，是男人就要養家糊口，是男人就要對得起愛自己的女人！

王洛把楊小宛的手攬過來緊緊地貼在胸前，他說他要出去打工，他要出去賺錢。他發誓一定要賺到錢，賺不到錢，他就永不回來見她！他說：「這一生，我王洛心中唯一愛的人只有你，我王洛決不會辜負你，要是辜負了你，老天爺會在我最得意的時候，一雷劈死我！」

那是怎樣的無奈，與怎樣的悲哀啊！

晚上，夏澍回來了，王洛央他幫著照看一下行李。夏澍問他去哪，他說他要到南方去打工。夏澍呆呆地看著他，忽地說：「我跟你一塊去吧！」王洛以為自己聽錯了，要不就是夏澍在拿他開心。他抬頭見夏澍兩眼直勾勾地望著自己，近來神采飛揚的神情這時蕩然無存。他問王洛南方有沒有人，王洛說沒人，打算明天去找人。夏澍說，我惠州有人。

到這時，王洛才覺得夏澍不是說笑，忙問出了什麼事。夏澍說了「一言難盡」四個字，就不再往下說了。王洛不知說什麼好，兩個人便冷了場。最後，到底還是夏澍心裡有事開了腔。他說他表叔今天下午告訴他，胡明才可能要重新回來。王洛又是一驚。夏澍說，有人保胡明才，說他貪污受賄證據不足，企業虧損，原因複雜，不應由胡明才一人負責。而且，夏澍的表叔還告訴他，有人已在背後蒐集了新領導班子用公款吃喝的材料，勸夏澍要有充分的心理準備。

王洛聽得出了一身冷汗。

「塞翁失馬，焉知非福。老子沒命當官，說不定發財還是有份的！」

夏澍的話讓王洛又是一愣，看夏澍，他剛才黯淡的臉上又現出喜色，話也重新顯得酒氣沖天。他說他惠州的關係是他兒時的朋友，從小學一直讀到高中，好得就跟一個人一樣，是復旦大學地質系碩士研究生，現為××省建設廳城市設計院駐惠州辦事處主任。他說他的弟弟曾因流氓強姦罪被通緝，是他託他的表叔保下來的。他同學多次來信要他到南方去發展。

夏澍說：「我還有兩個人，一個叫陸浩，一個叫小艾。陸浩的哥哥在銀行管信貸，二十萬以內，敞開貸。小艾的哥哥是省建三公司十九處的頭頭，我們到那兒，在我同學手裡接個工程，用二十萬做保證金，然後轉給小艾的哥哥，分分鐘賺錢。你去了，主要任務是管帳兼文秘工作。咱們不幹則已，要幹就幹得轟轟烈烈，到時候衣錦還鄉，給這批鳥人看看。這年頭，錢才是主要的，有錢就是大哥，有錢就有一切。到時，你買一條狗，連狗也給它上一個商品糧戶口，氣氣這些狗東西們！」

王洛原打算找人尋幾條打工的信息，以備急需，聽了夏澍的話不由熱血沸騰，也不找人去打聽了，第二天跟著夏澍忙著和陸浩、小艾見面。

11

到計畫走的前一天晚上，楊小宛特地趕過來為王洛送行。

兩人不知不覺就走到了東門護城河邊，護城河水的腥臭不時被風送上岸撲進他們的嗅覺裡。

九龍橋的路燈早已是殘破不全，他記得第一次和楊小宛在這兒坐時，那新修不久的橋鑲嵌的九個龍頭口噴珠玉，晶瑩的水珠在陽光的輝映下，折成九道彩虹重疊在水中，美得讓人頭暈。到了夜晚，路燈光映在波光鱗鱗的水面上，像一叢叢燃燒的火。就是那叢火，使他們的兩顆心同時被對方點燃。那一天，王洛帶著楊小宛參加演講大賽頒獎晚會後，來到這兒，在那叢燃燒的火裡，兩顆心開始為對方跳動。那時，神采飛揚的王洛和此刻的他相差何止十萬八千里啊！

蕭瑟的秋風刮著清瘦的地面，一切都不似先前那麼充滿生機。

城市最早對於王洛，應該追溯到他十六歲時的記憶。

那年，父親給他哥買了輛自行車，他哥得了寶似的，日裡騎夜裡騎。在王洛的記憶中，這是他哥留給他唯一的關於快樂的記憶。他能夠上路了的第一件事就是背了爹媽帶著王洛一路狂騎，根本不管方向，也沒有目的，似乎只是要騎，只要騎的本身。

想到哥，王洛的心隱隱而疼。現在，兩兄弟面對面連一句話也沒有。可是，那時的他帶著他一路飛奔的時候，他想，他的心一定是一隻飛翔的鳥，心裡絕對是有一個夢的！

那是怎樣的夢呢？

王洛覺得這一生也許都無法去探究清楚了。

王洛記得當時他們騎啊騎，就騎進了這座城市。那時的東門還沒有修復，據說是日本鬼子炸開的一個大豁口，還張著猙獰的大嘴，大嘴的兩邊豎著兩根巨大的水泥柱，像兩顆醜陋的門牙，門牙高舉著

「戰無不勝的毛澤東思想萬歲　偉大的中國共產黨萬歲」兩行句子，血紅的油漆已經脫落，使黃色的字跡成了讓人噁心的牙菌斑。九龍橋用幾塊水泥板代替了早先的吊橋，紅紅綠綠的男男女女穿著游泳裝在護城河裡，豔麗地浮浮沉沉，讓王洛臉紅心熱。

坦率地講，王洛那時並不懂男女之事，然而他仍然臉熱心跳。那些清波，那些男男女女想起來一點也不真實了，然而，有一個細節他卻記得十分清楚。臨進東門的時候，他哥不知怎麼把車騎進了一堆鵝卵石裡，光滑的鵝卵石把自行車頂得七歪八扭，他哥掙扎了幾下，終於摔倒了。兩兄弟被堅硬的鵝卵石硌得咧嘴呲牙，沒想到爬起來時，正逢著一群嘻嘻哈哈的城市男女從他們邊上走過。王洛看見他們以一種俯視的眼光看過他們，王洛想，那些笑是給他們的……

城市在王洛的第一記憶裡，寫滿了神秘和無盡的誘惑。

然而，此刻到這兒，他是為了告別這座城市的。不再是為了自己的夢，而是為了一個女人。這個女人此時就躺在他的懷裡，口中喃喃地在為他祈禱著。他的口袋裡裝著帶有她的體香的一張百元大鈔。他的心在惶惑地跳動著，為前路的渺茫而憂慮，他是多麼怕她再一次失望啊。他怯怯地低下頭在她的額上輕輕地吻了一下，這一吻只有一種難以承載的責任！

王洛和楊小宛依依作別回到寢室時，手中的鑰匙還沒來得及從鎖孔裡抽出來，一輛破舊的「萬山」牌麵包車在他的身後戛然而止。王洛轉過身，一下驚得張開了嘴巴，他看到他的父親和他的二爹——老兄弟倆從麵包車裡跳了下來。二爹像被抽去了脊樑的一堆肉團，一見王洛就癱軟在他的面前，口裡哭喊著：「我的王輝，我的王輝啊！」

王洛忙和父親一人一邊把他攙住。王洛問父親王輝出了什麼事。父親說：「快跟我到武漢去幫二爹料理料理，王輝跳樓了！」

「怎麼了？」

沒有人回答他，他也無法猶豫。那一刻，他忘了楊小宛，他知道自己必須遠離尋找金錢的夢，遠離愛情的困惑，去直面死亡！

王輝就是王洛的堂兄，住在與王洛相隔五里路遠的另一個村子，大王洛一歲。

王輝一九八四年考入武漢大學中文系，一九八九年十月一日深夜，在他工作的武漢測繪科技大學竣工不久的教學大樓十層高的陽台上，張開他的雙臂作出飛翔的姿式劃進了夜的黑幕。

那一飛，是不是為了像流星一樣擦亮黑暗的夜？是不是為了像鷹一樣在天宇裡放浪地舒展開自己的心懷？是不是為了像子彈擊穿鋼板一樣，撕開那層深不見底的黑幕？那一汪散佈著紅光的鮮血在新鋪的方塊地板上，夠不夠寫一篇三千字的檄文？那柔弱的肉體與水門汀相激會不會有波浪生成？

王洛看到他時，他躺在火葬場的冷棺裡，碎了的頭顱在化裝師虛假地掩飾下，透著浮腫的紅暈。王洛只被允許看了一眼，再見他時已是一罈溫熱的骨灰。

所幸王輝的死並不牽涉到政治。這有他的遺書為證，他說：我走向死是那麼的寧靜那麼的從容。我的死與任何人任何事無關。我唯一的願望在這一刻就是去死，去另一個世界。同時為他作證的有他的老師和他的同事，甚至他的學生。他（她）們說：「學潮」期間，王輝沒參預過一次遊行，沒有圍觀，沒有發表任何言論，他始終做著他的學問。他（她）們對於死人的評語是：他是一個好人。然而，一個好人就這樣死了。他縱身一躍，那沉重的肉身就變成了輕盈的飛羽。為什麼？他難道自己都給不出一個理由嗎？

王洛想，也許真的沒有理由，也許另一個世界更安靜些，更適合做學問些，所以，他就去了。

王洛捧著他的骨灰，在那一刻切實地體會出了一種前所未有的寧靜，他覺不出一絲的悲傷。但從武漢回來，王洛還是病倒了。王洛只是感到心中有團東西堵得慌。後來，他母親回憶說，他當時不吃不喝，躺在床上胡話連篇，在醫院輸了三天液才知道說餓。三天後的王洛走出醫院，皺紋第一次在他的額頭張開了雙臂，而另一個消息再一次將之擊垮——他的弟弟被派出所抓起來押送到縣看守所去了！已經有了些微熱情的鄉親，這時見了他，都趕緊趄身給他一個背向，等到他走過之後，再一次從背後吐一口惡痰：「呸」。

王洛的心，一下回到了從前！

王洛的弟弟並沒有殺人放火，也沒有強姦搶劫，而是冒充派出所去抓賭被人識破逮起來了。從母親時不時被抽泣打斷的講述中，王洛終於弄清了是怎麼回事。原來，弟弟的一個同學說要蓋房子請他去幫忙，結果兩人不知在哪兒弄了兩套警服，沒想到去抓賭時，賭博的人中就有一人是派出所的，幾個人一哄而上，當場把他們打了個半死，第二天一早就押到縣裡去了……

王洛同著父親、母親，到處奔走求人，找關係。沒有人肯幫忙，都說難。說這次可不比上次抓你哥了，上次是他們理虧，這次是你們理虧。再說，上次是治安隊，治安隊是個什麼東西，是禍害老百姓的打手；這次是公安，是天生抓人的！又說，這事可大可小，說大，可以往詐騙，搶劫上靠，判個三五年一點也不稀奇；說小，狗屁事也沒有，算你是在做好事也不能說是荒唐。他們說，這世道說穿了就是要錢，不花錢恐怕不行。

父親只得把那頭準備過年的豬趕去賣，賣了兩百三十塊錢。中人說，這點錢請人喝杯茶都不夠。聽了這話，一家人傻了眼，再想不出什麼辦法來，就只有大眼望小眼。

到了星期一，母親和父親再不提弟弟，母親給王洛五十塊錢，說：「別誤了上班……」話沒說完，怔怔地看著王洛。王洛本不想走，他看父親，父親的眼光定定地看著他。那一雙蒼老的眸子裡流露出的信賴和明顯的憂傷，使王洛無法拒絕，便只好上路。

返城的路上，王洛忽然看到了王輝，王輝笑著把手伸給他，他愉快地抓住他的手，兩兄弟有說有笑往一個很遠的地方走，走著走著，他看到父親牽著一頭牛迎面走來，那頭牛已經老得掉了牙齒。父親大笑不止，忽地又號啕而哭，他十分駭異，便喊：「爹！」父親抬手就是一耳光，理也沒理竟自哭笑著往他們來的方向走了。

他身子猛然一聳，驚醒一看，車站到了，而心還在夢裡怦怦亂跳，涼風一侵，不由渾身一陣瑟索。

12

胡明才回來了，時間是星期一全廠職工報導的那天。

上午八點三十分，聶副書記在廠門口高挑著一掛鞭，足足炸了二十分鐘。鞭炮聲中，胡明才從桑塔納裡鑽出來，紅光滿面，神采奕奕。一幫中層幹部在聶副書記的帶領下，如潮水般湧向廠門，將胡明才簇擁進了廠長辦公室。

接下來是全廠大會，散會時，王洛和楊小宛幾乎是同時看到對方。楊小宛舉起手向王洛揚了揚，王洛也把手向她揚了揚，兩人在人群裡往一個方向擠，混亂之中兩隻手終於握在了一起。

到了寢室，楊小宛迫不及待地問：「快告訴我你到廣州的情況！怎麼變得又黑又瘦都要認不出來了？你一走，我每天都做你的夢，我好為你擔心！」

王洛看著楊小宛，看著看著一把將楊小宛抱住，將臉貼在她的胸前，淚水止不住滾滾而下。楊小宛抱著他的頭喃喃地說：「回來了就好，回來了我就放心了。」她捧起王洛的臉吻了一下，掏出手帕為他把淚擦乾。慢慢地王洛靜了下來，王洛說他根本沒去廣州。這一次輪到楊小宛大吃一驚，看著王洛認不出來似的。王洛便從那天晚上在東門和楊小宛分手後講起，一直講到今天。楊小宛聽了悠悠地歎了一口氣，過了會說：「算了，別想了，過去的事就讓它過去吧。現在老廠長回來了，我們就又有希望了！」

王洛覺得一點希望也沒有，但他不忍心說破。剛才會上胡明才說新班子虧損了五千多萬元，說他們罪大惡極，是這個廠的千古罪人。胡明才的激憤在王洛看來有一種作戲的感覺。新班子也就不過五十多天的壽命而已，就是每天燒錢也燒不了五千多萬元，除非他們真的是在燒錢。經過了這麼多的事後，王洛已無法輕信政客們的謊言了。即使胡明才說夏澍心術不正，說是他告的黑狀，王洛也沒有吃驚。其實，他早已料到夏澍在這次事件中做了很多手腳。王洛感覺到胡明才這次回來是揣著一顆復仇的心回來的，有恩的他要報恩，有怨的他要報怨，哪裡還顧得上他們！

楊小宛卻對夏澍的行為百思不得其解，說：「想不到夏澍是這樣一個人，平時看他的樣子好和氣的，沒想到他是當面一套，背後一套的人，把我們廠害成了這個樣子！」

王洛的心黯淡到了極點，他說不出話來。楊小宛見他不說話，以為他還沉浸在堂兄和弟弟的事情上，便說王洛這次也算不容易，她要為王洛洗塵壓驚。

王洛心一顫，他看了她一眼，趕緊低下了頭。楊小宛癡情的眼神讓他無法面對。這個世上竟真的有這麼好的女孩？他的心便生出深深地愧疚！他要把這一切都記錄下來。學生時代的那個作家夢重又爬進心來。他想，自己放棄這一理想也許是一個完全的錯誤，幾年下來，自己一事無成就是一個最好的明證。同時想，也許這麼多的磨難正是為了成全自己。他抬起自己的頭，把目光重新投給楊小宛，這時除了溫柔，更多的則是感激！

從小餐館裡出來，楊小宛說她的「好事」已過了四五天還沒來。她偎在王洛的懷裡，清澈的眸子裡寫滿了恐懼。

「萬一懷了孕怎麼辦？」

「不會的，小宛，明天我帶你到醫院檢查好不好？」

楊小宛溫順地說：「好！」

廠裡正如王洛預感的那樣，根本無法恢復生產，唯一的動作是對中層幹部進行了大調整，在新班子當權時走紅的統統免了職，受排擠的這時一律晉升為廠委成員，與他和聶副書記沾邊的人全成了科長、主任。

聶副書記的一個遠房侄女在廠裡談了一個男朋友，立馬從車間裡調到財務科主管外勤，並且專門給他配了一輛「五羊‧鈴木」的摩托車。價值人民幣一萬三千元，後來又分給他們一套三室一廳的新房。

這個動作之後仍是放假，和以往不同的是中層幹部和行管人員必須每天到廠上班。

來上班的只有聶副書記神氣活現，見人就笑，熱熱鬧鬧的；中層幹部則大多躲在辦公室裡打麻將。王洛所在的技術科天天都是一桌麻將。王洛看了會，正猶豫是否回寢室去等楊小宛，忽然電話響了，王洛拎起話筒一聽，原來是女工主任叫他到工會去一下。王洛問什麼事，女工主任不說，只說你來了就知道了。

王洛一頭霧水。

心裡想，一定是老廠長回來又要開展活動了，把廠裡的形象重新樹立起來。這麼一想，王洛的心裡不由感到一種少有的輕鬆。

然而，在工會等待他的卻是楊小宛的父母和楊小宛本人。他一走進工會辦公室，就看見了楊小宛父親的花皮腦袋，同時看到她的母親和她。她坐在牆角的沙發上，勾著頭。王洛想從她的臉上尋出一點信息的想法也就成了空想。

王洛的輕鬆頓時化成鉛塊壓進胸膛，渾身感覺被利劍刺穿的疼。

「伯伯、伯母，你們好！」

王洛畢躬畢敬地向楊小宛的父母問好。

「哼，沾你的光我們還沒被氣死！」

楊小宛的母親把眼睛往上一翻，灰色的眼白射出仇恨的光芒。王洛一下就不知所措了，臉漲成一塊紅布。

「王洛，你也坐。」

工會主席招呼王洛，王洛才反應過來。等王洛坐下來，一場大戰旋即拉開帷幕，不過，交戰的雙方並不是王洛和楊小宛的父母，而是工會主席和楊小宛的父母。工會主席從王洛的長相、人品到國家的婚姻政策，甚至把小二黑結婚的電影也搬了出來仍然於事無補。

楊小宛的父親說：「不管你工會主席怎麼說，我這次想橫了，就是死，我也不會同意這門親事！」

王洛始終沒有開口，像個傻子似地望著講話的人。誰講就看誰，一隻腦袋左一扭右一扭，這個動作很容易讓人聯想到胡明才家的那隻鸚鵡。王洛送禮的那天它就是這麼一扭一扭地看著王洛和楊小宛的。

楊小宛的母親說：「到了這份上，就算成了也沒什麼意思了，何必還死不要臉地纏著我的姑娘？」

工會主席說：「現在是新社會，婚姻就得按《婚姻法》辦事。除非男女雙方不同意，否則，任何人干涉都是違法的。」

「小宛！」楊小宛的母親忽地大聲而呼。「你過來。過來當著他的面告訴他，你和他一刀兩斷了！」

王洛把腦袋扭向楊小宛，他看到的是一個早已淚流滿面的人兒。王洛看不下去，他抱著頭痛苦地將自己的臉埋到桌面上。

「我……我……」

「快說！」

這聲吼是她父親的。王洛就聽到桌子被猛然拍擊發出的刺耳的乍響，王洛不得不抬起頭。這時，被彈起來的茶杯蓋正好又落下去，蓋子與杯口相擊的聲音尖厲地穿過王洛的耳膜，化成了楊小宛喊他的聲音。他轉過臉，但他已看不真切自己真心愛戀的女孩了，他的淚爬滿了眼眶。

「我們分手吧！」

王洛看到的只是一個模糊的背影在這句話後衝出了門外，她的抽泣聲被撕成一縷一縷，從另一面牆上的窗戶間飛了出去，橫過深秋的天空。

楊小宛的父母站起來，對王洛也是對工會主席說：「你聽到了吧，她不願意跟你，你死了這條心。再糾纏，別怪我們對你不客氣！」說完氣衝衝地走了。

王洛眼一眨，淚水掉下來了。他默默地往外走。

「王洛，想開點！」

工會主席的擔憂從後面趕過來，王洛點點頭。

13

楊小宛這一走，再沒來上班。

工會那天的情景像一截石碑立在王洛的心裡，他想像得出楊小宛在家裡遭遇的折磨。假如因為他的愛使之痛苦不堪，他可以不再去愛，但是讓他就這麼放手，他做不到。

王洛想，她還要和他去醫院做檢查的！這幾天，她怎麼樣了？她去了嗎？如果她真的懷了孕怎麼辦？如果她的父母知道了，那又將是怎樣的後果？

王洛專門到書店去看過那本厚厚的《醫學手冊》。手冊上講，女人的經期會因為生理和心理的影響，或推遲，或提前，有時四五天，有時甚至一個星期。

王洛在心裡默默地祈禱：但願這不過是一場虛驚而已！

那麼，她為什麼沒來呢？王洛什麼都不想去設想，每一種假設都揪著他的心在疼。他唯一的想法只是看到她。看到她，他所有的心疼就會平息；看到她，他所有的日子才顯出存在的意義；看著她，所有的疼、所有的苦他都心甘情願！看到她，而且她一切都好，他可以從此消失，他走！

那兒是死亡之城，是地獄，他也要去。他覺得自己已沒有任何別的選擇了。他要不顧一切找到她，在此時，她一切安好的消息，對於他是多麼重要啊！

楊小宛的家依舊用一把大鐵鎖迎接了王洛。他聽楊小宛說過，她每天在家面對的就是一把大鐵鎖。他想，只要他伸手一敲，他就可以看到他想看到的人兒了！可是，這一敲，給那個脆弱的女孩帶來的絕對又是無休無止地折磨，他怎麼忍心啊！可是，他怎麼才能看到他魂牽夢縈的那個女孩呢？

王洛圍著她的家轉了一圈，發現從旁邊的一座小學的垃圾堆上可以看到她們家的後園。那兒早先是一口水塘，如今被學校的垃圾填了一半，隔塘相望就是她家的後院。

這天是星期六，全校學生都在打掃清潔，剛倒的紙屑和灰塵在空中不停地飄著，那些骯髒的弧圈不時撩撥著王洛的頭髮，臉頰，以至嘴唇……

這算不了什麼，只要看到那個女孩，這兒就是天堂。

小宛，小宛，你出來呀，讓我在這裡看看你，看看你，哪怕只是看一眼，我就心滿意足！

可是，對面空空蕩蕩，像一座無人的廢墟。那些在院子裡開著的雞冠花，紅的、黃的擠在一起，熱熱鬧鬧地打鬧著。

王洛想，自己要是能變成一隻蜜蜂該有多好，那花上一定留有小宛手指的餘香，雞冠花們一定會告訴他小宛的消息的。

時間，對於王洛已沒有概念，他的身上掛滿了小學生狐疑的眼神，他成了動物園裡的一隻珍稀動物。終於，有幾位老師也加入了圍觀的行列，圍觀的人如同王洛心中的疑雲越積越厚。王洛再也承受不住，他從這裡逃了，他瘋了似地找遍了荊州城每一個他認為她可以駐足的地方。最後，在她的姐姐家的樓道裡，王洛看到了她那輛紅色的小坤車。

「楊小宛！」

他急迫地對著樓上喊起來。

他喊到第五遍時，門開了。可走出來的不是楊小宛，而是她的哥哥，他冷冷地俯視著樓下的王洛。

「你叫什麼叫，你再叫，小心我揍死你！」

「讓我和楊小宛說一句話我就走。」王洛仰頭懇求著。

「沒門，你以為你他媽的是誰？你走不走？你再不走，老子就對你不客氣！」

王洛費盡移山心切，方才尋找到他想尋找的人，他要看到她，要知道她是否一切都好，他豈能因為一句威脅就輕言放棄。

「楊小宛，你出來，我只問你一句話！」

楊小宛的哥哥從樓上衝下來，對著他的臉猛擊一拳。王洛一個踉蹌，差點摔倒，他感到鼻子一酸，用手一擦，擦了滿手的血。血難道就能阻止他？不，決不能！

「楊小宛，你出來！」

拳頭的暴雨鋪天蓋地，王洛被擊倒了。他感到渾身火燒火燎地疼，然而，這一切遠不及他內心的疼痛。他的淚無聲地滾落下來。

楊小宛是怎麼下來的，王洛不知道。當那雙他熟悉的小手撫過他滿臉的淚水時，他才知道他日思夜想的人就在他的眼前。

「小宛，你好嗎？」

楊小宛望著他點點頭。

「小宛，我欠你的太多太多了！」

「不，你不欠我，我們兩不相欠。」楊小宛搖搖頭，停了一下，說：「這幾天，我想了很多，我總算想明白了，我們在一起只有苦。與其苦一輩子，不如苦幾天。你這樣做，是在逼我！我希望你不要逼我，你逼我，你再看到的就是一個瘋子。我想，你不會逼我發瘋吧?!」

說完，她收回了她的手，站起來。王洛掙扎著想抓住她，可他一下沒有爬起來。他仰視著她，發現她離他一下遙不可及。

這時，楊小宛的姐姐趕下樓來，斥責道：「你說只和她說一句話的，現在你和她說了這麼多，該走了，賴在這裡好看？」說完，挽著楊小宛就走。「咚咚」的一陣腳步聲後，鐵門發出「當」的一聲銳響。

王洛坐在樓下的空地上，他知道從每一扇窗戶和門框的縫隙裡都生長著窺探的目光。他的身子在抖，他感到身上一陣冷過一陣。他爬起來推了那輛破舊的自行車，慢慢地走出了那個讓他傷心的小院子，走進鬧市的車水馬龍之中。

這一刻，他的心彷彿置於荒原冰谷之中，無限的寒冷與孤獨緊緊地扼住了他的喉嚨，他想吶喊，可是，聲帶裡惟有失卻聲音的哭泣。

這一刻，他明白他真的失去了楊小宛！

這一刻，他知道自己今生失去了自己的愛情！

每個人，一生都只有一次戀愛，第二次便是婚姻。

他漫無目的地走啊走，也不知走了多久，回過神發覺自己正走在回家的路上。臨到家，天已挨黑。王洛看見父親和母親竟還在「三一八」國道邊的水田裡割穀。

等著收割的是早稻收割後搶插的晚稻。這就是教科書上說的，江漢平原一年兩季三熟的最後一熟。時令已進初冬，哪裡還是晚穀收割的時節啊！它們已經沒有穀的樣子，難道它們也怕冷？不然，怎麼會倒仆在水裡？那稀稀落落直立的幾蓬，在這時反而顯得彆扭，像長在癩瘡間的幾根稀疏的頭髮。

父母見了王洛都直起腰來，王洛掩飾著自己的悲傷，儘量做得和往昔一樣喊了他們。

「還有沒有鐮刀，我來割！」

什麼都是次要的。偌大一個院子，惟有兩個孤單衰弱的身影勞作著，沒有陽光的天空下，這個故事顯得毫無新意。發黃的書本上，類似的情節一個連著一個，都蒙滿了灰塵。

王洛的心裡，淚水一滴滴往下落。

母親要他歇一會，說騎了這麼遠的路還不累壞了；父親接口說那把鐮刀不快，要不就回去幫著燒火；母親便告訴他家裡有些什麼菜，米放在哪。

王洛忽地問弟弟的事，母親長長地歎了口氣，說哥哥姐姐都撒手不管，你爹又老實，我搬了好幾個人都沒用，賣豬的錢早就跟他花光了。算了，母親反過來安慰王洛，叫他不用急，說：「他犯法是他，你是你，讓他受點教育也好。」母親看著王洛，淚止不住就流了出來。「跟著他，晚穀得了病也沒錢買藥，老是不熟，大半都是癟殼，偏趕上前天的一場大風全刮倒了，水一泡，已開始生芽了！」

父親沒做聲，彎下腰默默地一兜一兜把倒伏的稻子從水裡扶起來，然後再一鐮一鐮地割。

母親又說：「你爹做了一輩子老實人，前半生沒討好，這後半生也只落得這麼個下場！」說完，撩起衣襟拭了拭眼角，眼便紅了。

媽，您千萬要保重啊！

王洛在心裡把這句話說了一遍又一遍，可口裡卻說不出來。看著母親哽咽傷心的樣子，王洛恨不得搧弟弟兩嘴巴——你這個混蛋，你的父母是怎樣的人，難道你不清楚？你有什麼資格去犯法？但他更恨自己，恨自己又惹父母傷心。他揚起鐮刀惡狠狠地砍向倒仆在水中的稻子，差一點砍在自己的腿上。

父親再一次阻止他，王洛只得放下鐮刀。一路上，氣塞滿了王洛的心。

到了家門，按母親的指點在牆邊的一個小洞裡找到了鑰匙，打開門迎面撲來一股寒氣，空空蕩蕩的三間屋察覺不到一絲生氣。他呆呆坐了一會，到菜園裡扯了幾個蘿蔔，開始張羅晚飯。他把扯回來的蘿蔔洗盡了，有一下無一下地削著，鋒利的刀刃一下削到了手指的肉裡。一股殷紅的血立即洇成一面鮮豔的旗幟，在他的指頭上獵獵飄揚。他讓它滴，直到地面上汪出一方小的血窪，他才找了一塊布將刀口包紮起來。

他想，他該去看守所看弟弟了。

14

王洛費盡周折，終於在看守所特有的小屋裡，見到了平時寡語的弟弟。這時的他已被剃成了一個光頭。面對毫無遮攔的頭皮，王洛的心感到悽惶得難受，憋在心底的怒火不知跑到哪兒去了。王洛只喊了聲「小弟」，他就再不知說什麼好了！

王洛緊緊地盯著他看，看得眼酸了也模糊了。模糊中，就看見父母哀怨地站在面前，王洛一驚，忙眨了眨眼，神思方才定了下來。他搖著鐵柵門，提高聲音：

「你說，你這是為什麼？」

弟弟倔強地低下了頭，王洛看見淚從弟弟的眼眶裡滾了下來。

隔壁的鐵門突然搖得亂響，王洛側過頭，一雙惡狠狠的目光怒視著他。「為什麼？為你！為你能找一個城裡的老婆，你弟弟求我跟他想個弄錢的辦法，讓你好買商品糧戶口！」

「什麼？」

王洛的心忽地被人摘走了，一團說不出來的東西直衝喉頭。王洛將手從鐵條間伸進去緊緊地抓住弟弟的胳膊，淚漫出眼眶，在臉上恣肆地流淌……

從看守所出來，走在初冬落日的餘暉裡，王洛冷得直打哆嗦，他將自己的棉襖留給了弟弟，他覺得這是自己唯一可以做的。

前面的路越來越暗，枯敗的草木在寒風中搖動出乾澀的聲音。

冬天在逼近，黑夜在逼近。

王洛正一步一步地向它們走去。

新月在天邊努力地升起來，把柔弱的光芒照耀到王洛的頭上。王洛藉著這縷微弱的光芒，分辨著路的彎曲與坡坎，慢慢地往前走。

1+1

先要說的一個人叫曹雪芹。一個人活著的時候，享盡榮華富貴；死了兩百多年，還被人研究來研究去，這人的福氣應該是無量大的了。福氣是人前世修來的，忌妒不得，我只是豔羨「錦衣紈絝、飫甘饜肥」這八個字。不怕你笑話，我父親的爹當地主那會兒，也只在過年才穿三天用灶灰漚的竹布長衫，平時雖不是吃糠嚥菜，最好的時候，也就是從湖裡撈幾條魚解解饞。我父親沒享一天他爹的福，就開始跟他爹還「剝削」的債了。而我是一個曾經下崗而又上崗的人，我父親的生命裡如果沒有三年「自然災害」，他的生活質量不會比我差。

我、我父親、我父親的爹，要是過一天「錦衣紈絝、飫甘饜肥」的日子，即便立刻去死，我們也是幸福的鬼啊！

有人說，曹雪芹晚年舉家食粥，多慘。這種說法，讓我義憤填膺，他錦衣玉食的日子過了十七八年，還要嫌短，哪還有天理？況且，他這十七八年的福，竟是睡在石榴裙下享的，這福享得還得了？

閻王讓人投胎時，吃的米都是有顆數的。他先前吃了後來的，當然就只有餓死的命了。不過，便是如此，也還有一個叫脂硯齋的傢伙，與他堪稱知音，足見其福氣之大。據紅學家們嘔心瀝血地考證，說脂硯齋就是史湘雲，這更是讓人氣不打一處來。人落難到那種地步，竟還有一個女子對他如此欣賞，如此推崇！

呔，想我張道文，雖說出身於一個地主兒子之手，在這個世道上混得人不人，鬼不鬼的，但好歹一個月也能拿個千兒八百塊錢，雖不能「飫甘饜肥」，但也不至於「舉家食粥」吧，偏就是信誓旦旦的結髮妻子，有一天晚上對我說，我寫的那些東西，她再也沒有一點興趣了；我這個人，她也同樣沒了興趣！

這兩句話，讓我老半天沒說出話來。就是現在說，能說的也只有兩個字——悲哀！

你們想想吧，她一下崗工人，竟敢說出瞧不起我——好歹也在幾家雜誌社混過副總編的「作家」；如果她不是有了外遇，你打死我，我也不相信！先前她乃是衝著我這文學青年跟我上了床，為何到了我要成為文學中年的時候，卻要摒棄我呢？那必是勾引她的主，早就把我苦苦求之的幾分錢，在若干年前就由他爹給塞在荷包裡了。對了，她常說的一句話是：人家一結婚，就過上了小康生活。是啊，我到現在還在為她們的溫飽而「奮鬥」。我想，她是每天看著我坐在那張到處掉漆的破書桌前爬格子，看累了！

我拼了一場，搏了一場，拼搏的結果竟是一個瞧不起，做男人還有比這更失敗的嗎？

一個被女人瞧不起的男人，最好的選擇就是離婚。只有這樣，尚可保全那點可憐的自尊。可是，我要是跟她離婚，圍在我身邊的這一圈人，就是打死他，他也要說我是因為什麼小說，騙了人家小姑娘，所以嫌棄了自己糟糠的婆娘。而她那個圈子，一百個絕對有一百二十個要說我不是個東西，當初追她的時候，恨不得磕頭作揖；那個時候窮得在地上舔糠吃，人家都跟你過來了，現在才吃了兩天飽飯就跟老子作騷——這種人，狗日的，最可恨！要是包公在世，不把他跟老子用狗頭鍘鍘了，算他邪了！

所以，我苦苦地求她不要走，除了怕挨狗頭鍘外，另外一個原因，就是自己生的一個丫頭，她是無辜的。而且，她正在性格成型期。父母的離異，是會影響她一生的。我對她說，你要走，至少也得等到丫頭十八歲再走吧。你生了她，你就不想對她負責？她說，那誰對我負責？

這是個兩難的問題，我無法解決。現在，我的丫頭正讀初三。我想，能不能升一個好的高中，對於她的一生是至關重要的。兩者之間，我只能顧我女兒這一頭。

我說：「這樣吧，你真要急著走也行，不過，我希望你讓我的女兒中考之後再說。」這是她長期慣用的口吻：「喂，張道文，你的姑娘學校裡又要交錢了。」我說：「不是你的姑娘？她說，她跟你姓！」我說：「中考也就不到三個月了，你連這麼幾天都等不及了？」在我的自尊喪失殆盡的情況下，她沉默了。我說：「到那時候，你再說走，我絕對讓你走。」她說：「到時你又會找個理由的。你，我太瞭解了。」我說：「我跟你起個毒誓，如果那時候，你說要走，我阻攔你的話，我一出門就被汽車軋死！」

我的毒誓為我贏得了苟延殘喘的時間，但我清楚，總有一天，她讓我飽受傷害之後，一定會把我送到狗頭鍘滴著血的刀刃下的！

這麼想，嫉妒老曹還有多大意思呢？還是躲到哪個見不得人的黑角落裡，自歎福薄命淺去吧！

天只生一芹一脂，所有的奢望都是徒自悲傷。

如此想來，我的心便漸漸平息下來。平息下來的我，把自己再一次好好地想了一遍，真應了古人說的：百無一用。既然只會爬格子，那就還是老老實實地去爬格子吧。我便把我先前寫的是東西不是東西的東西都翻了出來。我想，自己這一生，可能也就剩下這些東西不會背叛我了吧。我摸著那些辛苦劃成的方塊字，渾身便有一種自慰的踏實。

自慰現在正大行其道。想我不久之後，孑然一身，這種說不出口的需求，幸許是我唯一的安慰，所以先演練一下，也不是沒有好處。

我輕柔地撫摸著它們，高的矮的，胖的瘦的，長的短的，大的小的，我的指肚便有一種快感前的顫慄。當我的手停到我二十一歲寫的一篇小說時，我的心有一滴淚宛轉成了一粒圓圓的相思豆子……

二十一歲，是多麼讓人懷想的時光啊！老了的心對於年輕的自己滋生出的往往是一種看自己兒子的衝動。我把這篇小說從故紙堆裡撿出來，小心地用手撫平，它跳入眼簾的每一個字，都在心田裡激起初戀般的悸動！

當最後的一串省略號久久盤桓不去，我的心忽地懊喪不已。憑良心說，這篇小說寫得不壞。文筆當是流暢如水，結構也挑不出多少毛病，故事至少比余華的《十八歲出門遠行》差不到哪兒。那麼，沒發表出來的原因是什麼？

我呆呆地坐著，把指頭彎過來算了算，如果那時在哪個地方發表了，應該是余華、蘇童、格非成名的那一年！若真是那樣，人生的路會不會還是現在這個樣子？

這種假設，讓我的心便重又煩亂如麻。

我深吸兩口氣，努力平息了這態態燃燒的心火後，我把它認真地讀了兩遍。以我當了三年副總編苛刻的目光，我覺得它的個別細節確乎是粗糙了些，有些背景也缺乏必要的交代。如果細節、背景在適當的地方帶上兩筆，無論如何都是夠發表水平的。如果還是不發，那就不是我的責任了，那就是編輯「與時俱進」了！

假如是三年前，我肯定會重寫，但現在已完全不可能。我在前面已跟各位交過底了。所以，我就想了個偷懶的主意——重讀自己的小說。想到這個主意，就想到了曹雪芹和脂硯齋，想到了他倆，就發了點牢騷。對不起各位了！

那麼，讀者諸君採取怎樣的閱讀方法呢？我想，最好是先讀不打括弧的文字，就是說先讀原來的那篇小說；然後再讀打括弧的，也就是後讀我讀自己這篇小說的感受。當然，萬一您不管括弧不括弧，那也隨您。

好，我們開始正文。

牛肉飄香的時候　風景畫

1

牛肉味飄滿了天空，香氣是街邊破損的水龍頭，濕了街面，也濕了過往的鞋跟。

「唉——」

在一間小得不能再小的館子裡，我們胡亂填了肚子，出得門來，還沒走上三步，你對我說：「牛肉味真香，真好聞。」

語氣軟塌塌的。那時候，我們早已換了一個門面。

你的神情哀婉淒惻，用手使勁捋一捋頭髮。我知道你在做一種努力，想借助手恢復某一種髮型，以便保持形象的完美。我不知道你什麼時候有過什麼樣的髮型讓你得意過，被風吹得亂糟糟的頭髮，沒有絲毫光澤，病厭厭地蒙滿灰塵。或許你的努力根本不在於此，你只是掩飾你無以排遣的無奈而已。

然而，我已無心一切，只有深層的落寞染著西天晚雲的血色，飄蕩在胸間。

（說實在的，一讀到「風景畫」三個字，我就想停下來說兩句，但考慮到是剛開始，便忍住了。我不想讓閱讀這篇小說的朋友，太過痛苦。

「風景畫」三個字寫在標題的下面，很顯然是名字。我好好地叫張道文，我不明白是什麼鬼在使喚我，讓我那時想給自己起這麼個破筆名？要起筆名，想一想人家魯迅、老舍、巴金，就算韻味不是十足，至少人家有個講究。就說魯迅吧，因為他媽姓魯，所以他讓他爹入贅一回也不是什麼大不了的過錯。況且，那時他爹多半已不在人世，所以他就更是大了膽子。魯後面盯的那個迅字，是快的意思，合起來是說他姓魯的操文字是把快刀！再說老舍，人家本是姓舒，取姓的半邊，再加個老字，那是說姓舒的露半邊臉都是老大，多牛！再說巴金，前一個巴字自然是巴人的意思，告訴你俺是四川的；後一個金，我懶得說了，大家都喜歡的東西，說出來是畫蛇添足。

還是說「風景畫」吧，我越捉摸越覺得心裡慌。第一，淺。這是好話，實話就是淺薄。第二，自己是一個地主兒子生出來的兒子，也就是地主孫子，成天看的都是父親被人鄙視的眼神，莫非這個還算得上是風景畫?第三，你們讀了這篇小說就知道了，寫的內容也不是什麼好玩意兒，也是跟風景畫扯不上邊的東西!第四，我自己長得雖說不瞎不癩，也僅僅只是不瞎不癩而已，哪敢妄稱風景畫?就算那時我少不更事，也斷不至於如此沒有自知之明吧。第五，當時光棍一條，也不存在討女人歡心的嫌疑。第六，我是在一間小得不能再小的屋子裡寫出來的，不遠處是一個菜市場，活脫脫的一個垃圾場，跟所謂風景畫一點邊兒都不沾的。第七，要是在哪一個水庫邊寫成的，情有可原，可惜，不是!第八，放著好好的名字不用，我憑什麼要用別的名，我有病?第九，親戚中沒有姓風的!

這是一個很嚴重的問題。常聽人說：「言為心聲。」那麼，我當時在想些什麼?這對於我讀這篇小說無疑是一把至關重要的鑰匙，可此時，我內心一片茫然。

在鑰匙沒找到之前，我們先說說主人公「你」吧。

你絕對不是個東西。這是廢話。你當然不是個東西，他是陳書記。不過，他是後來才當的陳書記，那個時候的他準確地說應該是一個鍋爐工;雖然字寫得很好，通訊稿子也寫得不錯，但他始終只能辛辛苦苦地趴在灰塵漫日的鍋爐房裡，用一根鐵釺，拚命地在紅彤彤的鍋膛裡把那些燒得不是很充分的煤塊，往四邊不斷地扒開。

他要大我九歲。也就是說那時的他已經三十歲。結婚一年，娶的老婆是河南的。在荊州這塊地方，一個男人不能娶一個本地本方的女人，是一件有些讓人瞧不起的事。偏他老婆又不爭氣，翻過年從胯子裡屙出來的又是一個丫頭。你想想看，一個外地老婆加上一個不能傳宗接代的丫頭，在廠裡，他顯然就不可能受到人們的尊敬。

我在跟他進行寫進小說裡的那次活動時，我對於他的背景資料掌握的就是這些。

其實，害得他只能找一個河南女人做老婆的最根本原因，是因為：他是一個強姦犯！

這是過了三年之後我才知道的。要是當時我知道他是個強姦犯，還會不會有這篇小說呢？我不知道。要說，我的命運跟他還是有很大的關聯的。）

2

我們盼了好久，在你辛苦的三班轉唯一的夾縫中，終於驚喜地看見我白班的星期天向你靠攏，你夢的觸鬚如何不向我緣生！

終於有一個夢在白天醒來沒有破滅。

這就足以令人激動不已，催人想入非非。我們便想啊想，想過去想過來，想到最後，八嶺山爬進了心頭。充滿了無邊誘惑的新辟的名勝——八嶺山——你好！

時令正在清明之際，草長鶯飛，你的心怕不生出一面彩色的帆，單等那薰暖的風了。

（的確，他快活得不得了。所謂想，其實是我單方面的決定。他天天纏著我，跟我聊文學，我就高看了他，就提議說，等哪天你休息又恰好是星期天，我們倆出去玩一回吧？他立馬喜形於色，說好啊好啊。

那個時候，江陵縣的八嶺山鄉挖出了一個帶券頂的墓，據考證是明代一個封為遼王的傢伙死後埋的地方。那個地方由此就出了名。每個星期都有人把這三個字掛在嘴邊說過去說過來，所以，我就動了這個心。當時，我認為他是最好的夥伴！）

可我們……

你說：那些糞桶般的啤酒肚下兩條麻桿似的下流的腿子抱著嬌喘喋喋的一群雌雞用鋥亮的甲殼蟲下四隻軲轆早已踏出的寬闊的大路上我們將準備去小心翼翼地印上我們磨平了足跟的破皮鞋印。（這樣的句式，是當時文壇最流行的句式。跟現在流行下半身寫作，是一樣的道理。）

如此憂忿的心態足以摧毀任何一次會生發詩意的遠行。

而我們卻從未有過這種體驗。我想，即使更為惡劣的心態也難以摧毀這唯一的一次機遇。（這說明我這人頗有孔聖人憧憬的氣度：言必行，行必果。）

你說，好心情只有闊人們才配享受。他們（她們）會屁顛顛地樂，曰：度週末；曰：過禮拜；曰：旅遊觀光；曰：考察。吃飽，喝足，玩膩，屁股一撅，走了。一分錢不花，多風光，多愜意，好心情能不是他們（她們）的！（現在看來，他的這種心理，正是他人生的動力。）

而我們此行冠不上任何名稱，且自己掏錢。

也許這輩子永遠不可能有一次自己不掏腰包的機會。你哀歎的神情過於悲切，就像隻奄奄哀鳴的狗，可你只能在深夜才敢偶爾長嗥一兩聲。

我說，好了，我們終於有了一次機會，不錯了。終於能夠萌生出浪漫的渴望就是一種進步，自己掏錢就自己掏吧，認命！

可錢究竟誰掏呢？

我們磋商反覆，你認定我比你富有，錢由我掏。你敲竹槓的樣子惡狠狠的。我慨然允諾，可心裡卻隱隱的在疼。

（我這人好面子，古話說的有：死要面子活受罪。當時「AA制」三個字已湧到舌尖上，我是硬生生地把它嚥了下去。如果我表揚一下自己的話，我覺得我這人很豪爽的：不就是出錢，又不是要命！很多人把豪爽無根由地給了北方人，這我不反對。我一反對，很多人要跟我過不去，我真的是沒時間沒精力也沒興趣去為這個跟人較個子丑寅卯，雖然我有足夠的證據，我在北方可是待過不短的時間。古時燕趙多慷慨悲歌之士，這個也不知怎麼弄出來的。我有個印象，好像就是殺了幾個人那麼回事，因為天冷風大可能還有沙塵暴什麼的，送別就顯得悽悽惶惶，然後再唱個什麼歌，就給人留了那個印象。殺人的事，南方也多得是，總因為暖和，送別時豔陽高照的機會多些吧，所以殺人也顯得溫婉了。現在殺人的事少了，北方人的豪爽就移到酒桌上去了，一碗一碗地死灌，我不恭地說句吧：那是酗酒。說起來其實有點讓人寒磣的。

我說了不說的，不知不覺還是把心裡的話整出來了。我這一生吃虧可能就吃在這張嘴上。）

3

但我們終於沒能實現那個夢。也就是說，我們沒能去成八嶺山。夢，再一次破滅。

（這是我活到現在的寫照，跟陳書記是無關的。迄今為止，我發現自己還沒有一個夢，不是被太陽晒成木乃伊了的。先說文學，我從文學青年奮鬥到文學中年，突然發現，文學殿堂實際上跟農貿市場沒有兩樣，枉然了我近二十年的虔誠！再說老婆，我在跟她結婚之前，與兩個女孩談過戀愛，一個因為她的父親拚死反對，她把我蹬了；一個因我自己拚命反抗，把別人蹬了。兩個女的，我老婆都見過，連她自己也老實地說，哪一個都比她長得好看。

她當初跟那前面的兩個一樣，連魂都不在身上地愛我，可在我十五年的婚姻裡，她正式跟我鬧離婚已經三次，而每次都是我求她才繼續維持下來的，你說我掉不掉價。

我男生女相。相書上說，男生女相，非富即貴。所以長相就不說了。要說我賺錢少，這我承認。可是，在廠裡，我雖比不上陳書記，可我憤然出走之後，現在也還算混出了一個人模狗樣吧。廠裡跟我一個層次的，有哪一個走得出去？雖說錢仍是不多，可她下崗後，到處找不著事做，我不是也一直就這麼像腰纏萬貫的大老闆一樣，讓她在家裡賦了閒麼。再說了，我在外面一不嫖娼，二不玩情人，她憑什麼不滿意我？

早知道是這樣的結果，我不說嫖娼，單說玩情人，那可是玩八個十個都不是吹的。我這樣跟你說吧，有一回，一個女編輯到北京，那時我在北京一家雜誌社當副總編，她來看我，請我吃飯。死活要請，我只得去吃了，她又讓我陪她到她的住處去。她很神通的，在北京有個鐵姐們出了國，把房子讓給她住。到了她住的地方，死活拉我上去坐。上去了，當然是咖啡什麼的忙得不亦樂乎。然後，她就去洗澡，洗了出來，穿著睡衣，睡眼惺忪地坐到床上。我知道她的意圖，便堅決地提出明天還要去印刷廠什麼狗屁的事，走了個頭也不回。那編輯很漂亮的。

過了兩天，她又來電話，說是要離京了，又要請我吃飯，這次我堅持做了東。我們吃過了，她又讓我送她回去，還是不讓坐車，就那麼走，十來站地，她便反反覆覆地講她的婚姻多麼不幸。最後又邀我上去，這次，我又堅決地跟她告了別。

不是我不解風情，是我太珍惜這個家了。要說，我遠在千里之外，就這麼出一次軌，她知道什麼？可我沒有。

她究竟有什麼值得我留戀的，我現在已找不出一丁點來了。她那點可憐的高中知識，一二十年下來，早就忘得可能只剩下一加一等於二了。知識結構與我顯然是不可同年而語了。接人待物呢，荊州城的市儈氣倒是越來越多。娘家裡大哥早逝；二哥下崗；姐姐無業遊民，最近離了婚，跟一個社會上的混混裹在一起。她母親在她大哥去世後不久也不在人世了，剩一個老頭子，八十多歲的人了，竟在五年間換了六個女人。見面就要錢，錢一到手，就再找女人。我怎麼說呢，要是我跟她離了婚，我真的擔心她能不能弄口飯到嘴裡。寫到這裡，我忽地想莫不是她早打好了主意，要步她姐姐的後塵？

天啦，我想不至於吧。

我的思緒就在這裡斷了。我實在受不了這種假設的折磨，便給她沖了一杯牛奶，討好地遞給她後，坐在她旁邊陪她看韓劇。螢幕上放著放著，正放到女主角想出軌，我借機問了她的姐姐。她說她懶得提她得。我說，你以後不會也學你姐姐吧！她一聽，把端在手上的那杯牛奶往茶几上一頓，受了驚的牛奶把茶几濺了個大花臉。她怒火中燒地說，你把我看扁了，我跟你張道文說，我就是死也不會走她那條路！

謝天謝地。但願真能如此！

想想吧，就算我跟她離了——當然，這也是我的底線，她只要背叛我讓我知道了，我唯一的選擇就是離婚了——我還是會被人戳脊樑骨的：看，這個女的就是張道文的前妻！其實，這一生無論我如何掙扎，她與我也是無法絕然分割清楚的了。

人一生有什麼？不就是事業和愛情。

我的這兩塊基石早已駁蝕得不堪入目啊！）

4

夢破了，生活的路就必然折轉。作為愛好文學的青年，我們能去的地方只有書店了。我們便到六公里外的另一個城市沙市去逛。

但我逛了一肚子氣。

你呢？

你踱著你的方步，偶爾說上幾句莫名其妙的下流話，樂一陣，要不就感歎冷暖人情。對書，你卻一直緘口不語。也許你在一旁眼熱心煩，要不，你的方步我怎麼不冠上「悠閒」二字呢。

（在不知道陳書記的歷史前，看到從他的嘴裡滾出那些骯髒的字眼，心裡頗有些不舒服。總覺得從事文學的人多半都是高雅的，嘴裡怎麼可能吐一個髒字呢？

但在得知陳書記的歷史背景後，就為自己的幼稚而臉紅了好大一陣子。）

我知道你沒帶錢。你的錢都在預算之內，說不定哪本書攪得你幾天吃不下飯。活該，你可以向我伸手借，可你不開口。也許就是這個「借」字，借，是要還的。（他借過我好多東西，最多的當然是書了。有一次，我說他借了我的一本賈平凹的小說集《故里》；他不屑地說，你那裡的書，我沒有一本瞧得起的。他的這句話，讓我胸梗了好長時間。那是我把他還勉強當成朋友的最後一次談話。）所謂螞蟻爬到蘆席上——強一篾片。大概那只螞蟻就是指我，你還沒爬上來，這就是你認定敲我一次的理論依據？

我——有——錢——

找一個沒人的角落，我也不敢這麼大吼一句。（是啊，到了現在，還是如此。這一生，我怎麼就跟錢結下了孽呢？）三毛七分錢一袋的荊州城最便宜的餅乾，一日三餐，她是最疼我的女人；還有那只忠厚如父親的箱子，把三毛七分錢的餅乾緊緊呵護在胸（這是我當時真實的生活。每月的工資是六十八元。為了文學，我從廠裡搬了出來，在一個靠近護城河的小巷子裡租了一間房，以便每天晚上，躲在那黑不溜秋的地方，寫些癲癇病犯了似的抽搐的句子。無端地出了三十元的房租，那日子就格外地緊巴，所以，生活就脫離了正常的軌道。），讓我骨瘦如柴地行走在天地間苟延殘喘。如此慳吝甚至棄生命於不顧，這一切都是為了買書。雖不到嗜書如命的程度，可是一遇所謂好書，就心癢難忍，神經兮兮的。你知道我的毛病，從不勸我。

（他什麼時候管過我的死活？要不是託他的福，在背後不斷地用九陰白骨爪摧殘我，我也不至於落到現在這個地步。說不定，全廠後來每天掛在嘴上的「陳書記」，就應該換成「張書記」。那我也就當一回能被人賄賂的貪官，家裡也就要什麼有什麼，多爽！要真如此，就算我在外面搞幾個女人，我老婆也會喜笑顏開。她曾經說過，只要你有這個本事！天啦，寫到這裡，我有一種翻然醒悟的感覺，不在外面搞個把情人，能說明的問題只是：這是個沒用的男人！

很顯然，我是個沒用的男人。說什麼看重這個家，不過是掩飾自己無用罷了！汗，一下爬滿了我的背心。也許這便是她真正瞧我不起的原因吧！）

5

「喂，請幫忙把這本書拿出來看看。」

這是在第二個書店，我第二遍如此說，用標準的江陵普通話。我裝出來的風度已經有些走樣。其實，那張臉假如能夠用手摸一摸，是有快意的。

你每次總是笑我假正經，笑我一口標準的江陵普通話，別的人心裡酸溜溜的。

（我活到現在，總算醒悟自己活得不真實了。老婆原先這麼說我。我還反駁她說，我每天上班，認認真真幹活，下了班，看看書，寫寫東西，這有什麼不真實？是不是每天跟別人一樣，吃喝嫖賭才算是真實？她不回答我，沉默了很久，她說，我也說不出來，反正覺得你怪怪的。

是夠怪的了！

這一切到底怎麼了？

我要活得真實，我要真實地活！

我發誓：從今天起，我想嫖娼就嫖娼，想玩情人就玩情人！可是，我看上的女人都是從我身邊一晃而過的女人。那氣質的優雅，那長相的甜美，那身材的魔鬼，那服飾的品位，每次都給我留下永難磨滅的印象！可她們總像天邊的雲彩，讓我只能揮一揮衣袖，無法帶走！而跟我真正搭得上話的女人們，不是氣質特俗，便是五官錯位，要不就是腰如圍桶，最甚者連衣服也穿不下。

我的命好苦啊。難道鮮花天生就是插到牛屎上去的麼？聽人說，鮮花只有插在牛屎上才有營養。是不是真的？要是真的，那我不潔身自好都沒得辦法了！）

你居然敢笑我，是我沒有想到的。有一回，閒得發慌，我就反反覆覆在心裡顛你的發音，用現行的中文拼音，我始終沒有拼準確過。我總想摹擬一下你的發音，總覺得困難，覺得無能為力。你居然驕傲地說如此才有特色，才有個性。

你說，你在美校糊弄過一回解放過了頭的小丫們。

你說，她們記憶最深的就是你這個講中國話中國人又聽不懂的混蛋。

（他說他在美校糊弄過一回解放過了頭的小丫們這一說法，是一句絕對不要臉的話。就憑他，他有什麼資格去糊弄美校的小丫們？第一，他憑他的長相是萬不可能的。我倒是認識幾個搞美術的女的，一個個眼都長在額角上，就是我也只是勉強跟其中一個拍了三個月的拖。他一米六不到的粗短身坯，想博得成天描著赤裸的大衛的一雙眸子對他青眼相加，他來世吧。第二，他對美學的ＡＢＣ還是我啟的蒙，他到美校講個屌？除非他講他是怎麼強姦的，看有沒有上了人體課的男生對他有活體經驗感不感興趣。第三，除非他的某一個親戚的女兒恰在美校裡就讀。他受人之託去看了她一回，在她親戚的宿舍裡跟某一個與他親戚非常要好的女生搭過幾下訕，這倒是有可能。然後，從他的嘴裡便幻成了他跟美校的女生們講課。除此之外，要是第一和第二他竟成功了，你敢做證，我就敢跳江！

我不是小看他，因為我跟他好了之後，他再沒有過類似的經歷。我曾跟他要求過，他總是用各種托辭敷衍我，被我逼急了，他就不做聲，一副死豬由著開水燙的樣子，讓人哭笑不得。）

「《喧嘩與躁動》（又譯：《聲音與憤怒》），福克納的，你想買？」你一口氣說得太流利了，使人不得不驚奇。我點點頭老老實實肯定了你判斷的準確。

（那時候，這玩意流行得不得了。玩文學的，不看福克納，那就是白玩了。就像幾年後玩《百年孤獨》（又譯：《百年孤寂》）一樣，玩了《百年孤獨》再玩《麥田裡的守望者》（又譯：《麥田捕手》），玩了《麥田裡的守望者》再玩米蘭•昆德拉，玩了米蘭•昆德拉再玩博爾赫斯……只有天知道中國文壇幾時才能長大！）

那女人從閒聊中回過頭來，讓人忍不住想摸一摸的粉臉，滿是鄙夷的神色，嘴裡順便丟出一句：

「看，看個屁。討厭！」

（女人在我看來，最好是不要說「屁」這個字，一旦這個字從她的嘴裡溜了出來，她的嘴在我的眼裡立馬就會變成一個掛著大便還來不及擦的肛門眼。

寫完上面這句話，覺得自己也是太過刻薄了一點。人太過刻薄了，是無福之相。可有什麼法，命如此，我改變得了命麼？）

書從她手裡飛到櫃檯上，差點滑出櫃外。

我拿起來放在手裡掂了掂，脫口說：「買了！」將眼皮翻了翻，意識上大約是為了抵抗她的那句有些灰塵的話。

回想起來，我那時真有孔乙已排出九文大錢的風度。那粉嫩的小臉一生不摸，一生不再遺憾。

（我在這裡想考一下已經讀到這裡的讀者朋友。按說這是不該的，您老人家礙著情面，拼著昏眩好不容易才把前面的一大堆亂七八糟的文學從眼幕上晃過去了，到了這裡，還要被人無聊地考一下，你說：「煩不煩。」我說：「煩。」我跟您說三個字：「對不起！」不過，既然我說了這個話，就姑且讓我把這個問題說出來吧。答得出來的答，答不出來的不扣分，不影響下次評職稱、漲工資，而且我跟您保證，把這篇狗屁的小說一丟，該搞麼事還搞麼事，一點不耽擱。

我要提的問題是：魯迅搞出來一個孔乙已，他是要說明個人的悲劇還是要說文人的悲劇還是要說文化的悲劇？）

她依然是不屑。從我的手裡奪過書，在一張紙上劃了兩下撕給我，顯出極度的厭倦。

（我可能天生的不怎麼討女人喜歡！

我在網上認識一個MM，我們倆挺談得來的，她還讓我看了視頻的，人長得不錯，是唱歌的，唱美聲的。她曾經跟我說，女人是需要挑逗的！

天啦，她還只有十九歲，你瞧說的這話，多老啊！我佩服得要死，可惜不知怎麼的，她就不在我的

QQ好友裡面了，讓我很是絕望了一陣子。

我要說，我想念QQ上的這個唱歌的MM！）

「到對面下錢。」

假如我不想起那張因為污濁的穢語腐蝕得有些爛蘋果味的臉，我一定會記住她寫字時溫柔地向上翹著的小蘭花指的。可惜，什麼纖蔥如玉之類的一大堆形容詞我無論如何也慷慨不起來，真想就那麼把肚皮翻開，一骨碌倒出來給她算了，可惜啊！

（我長期喜歡用我的標準，為一些長得不錯的女孩子惋惜。現在，我想我是錯了——大錯特錯。在實際生活中，曾經被我惋惜過的好幾個女孩子，插到牛屎上面後，一個個活得滋滋潤潤，長得白白胖胖。有一天，我看到她們，讓我直流了半天的涎水。我終於明白了，我算個狗屁！）

你湊過來，很不友好地說，又想趕時髦？你說，這本書其實並不怎麼樣。

反正我要買。

你看我的目光，完完全全地注釋了乜斜的定義。

櫃子裡只有唯一的一本，且放在陰冷的角上，熱熱鬧鬧大砍大殺的金庸梁羽生古龍和瓊瑤岑凱倫雪米莉的玫瑰色的溫情，難道不迷死你。可我一說，你就反應出來了，可見你早注意上了。說不定你已百爪抓心，你當我是傻瓜。

6

我們在街上走，誰也沒注意我們。沒人注意，我們便自由自在得很，走路，說話都順順當當，我很少看你用手去捋你的頭髮，只有你的嘴在向我神吹：某某某的稿子最初是用她情夫的名字發的。某某某在外面搞女人，生了小孩才和老婆離婚。某某某的稿子總是發不出來，後來把他妹妹的照片寄給編輯，那編輯一見身子就酥了半邊，立馬就發了……

五花八門，那些人名有的連聽都沒聽說過，可你卻能列舉出誰誰誰的處女作是什麼，發在什麼上面，真讓我慚愧，大有勝讀十年書之感。

（這是陳書記的強項。這為他今後的發展，打下了堅實的基礎。）

但我仍沒有忘記我們此行的目的只是逛書店。

百貨大樓、中心商場、集貿市場，大展銷、大降價、大讓利、股票成交、彩票中獎與我們是無緣的。但是，這一切也許都為我保留在某一個明天。明天早晨，一覺醒來，老鼠咬穿了木頭箱子，三毛七分錢一袋的餅乾，只剩下零星的沾滿了小老鼠唾液黏在幾件舊衣服上的粉末，一大堆一大堆花花綠綠的塑膠袋子碎屑，蓬蓬鬆鬆。天啦，世界到了末日，我還搞什麼文學、武學，想法保命吧！

趕緊把桌上、床上、地上的破書廢紙收起來捆成一捆，找個廢品收購站賣了活命。那收廢品的老頭看我半天，說：五塊錢。雖說裡面遠不止一本書是五塊以上定價的，可誰要你落到這份上，五塊錢就五塊，你沮喪也白沮喪！到大街上轉悠大半天，拍拍肚皮，叫它忍一忍，五塊錢活了今天也就沒明天，索性去買一張最小面值的債券。第二天開獎，中了！一大把一大把的票子把破了好幾處的牛仔褲兜脹得再也不能穿了，發財就這麼簡單！什麼狗屁文學，拜拜了，您啦。爬昏了頭，等上三五個月，乖乖，那稿子原封不動地回來了，還是附上了退稿郵費，說上一大堆低三下四的混帳謙虛話的。你才知道你熬了大半個月的夜白熬了。

可惜明天……這個明天在哪裡呢？

（發財的夢現在總算醒了。醒了的眼睛再看這段文字，卻發現了一處硬傷。這一硬傷是關於債券的，在當時，我曉得的只有國庫券，而國庫券不是說買就買的。有時，你本不想買，偏有人直接從工資裡給你就扣走了；等你曉得那是個可以生錢的勾當後想買，卻又找不著賣的地方了。況且，那是第二天無論如何不可能兌現的。就算兌現，也不能叫「獎」。當時有一種獎，是一種紙片的東西，刮開後跟別人規定的圖案去對，當場便知道結果，等不到第二天的。那個時候還沒有福彩、體彩之類的玩意兒。其實，這類玩意兒也是當天晚上開獎的。

這個硬傷爛得洞大了些，讓人一眼就看穿了褲襠。這也許就是當時不能發表的原因之一吧。）

你說，你是過來人，老婆幫你丫頭什麼的也生了，你已經心如止水了。你得為老婆計，走走正道。由此說來，你的明天定了，鐵的。永不翻案。（這是模仿當時最流行的話語。只是不知道為何要在鐵的後面打個句號，要是給哪個校對看了，他肯定要給我改過來，而在改動的時候，還得搖一下頭，自鳴得意一回。

歷史上很多時候都說過鐵的，永不翻案的話。比如劉少奇被打倒那一回，流行於世面的話是：打倒在地，再踏上一隻腳，讓他永世不得翻身。可惜沒幾年，那鐵就生了鏽，那永世不得翻身的傢伙就鹹魚大翻身了！

在這裡時間沒有確指，原因是懶得去查。要是查一下，把確切的年代寫下來，還是比「沒幾年」這樣的屁話要讓讀者朋友信服些。

但這是些小事，說不說大家也曉得，所以偷個懶，想來大家也能原諒。想不清楚的是，那些或頭大臉方，或尖嘴猴腮的政客們，歐斯底里說出來的一些話，為何總是顧頭不顧尾，就像婊子？婊子那尻尾千人戳萬人搗，自是越搞越舒服的！）看來這婚結不得，老婆丫頭兒子的也生不得，萬幸我現在還沒找女朋友。說穿了也沒法找，要錢沒錢，要房沒房，人還是從農村來的，整個一個土老冒，誰會跟我？你跟不跟？

（這裡的幾句話有點不要臉的味道，你沒找女朋友關別人什麼事，把它寫在小說上，萬一發表出來了，那不是勾引？本來這一段話在前面就要插進去的，念及後面說自己沒錢，沒房還算是實話，所以一總在這裡插進來。

對於女人，當時，我其實已有了目標，只是還沒到那個火候，也就是說還沒把她哄上床。

這篇小說第一稿寫出來時，記得是在四月。恰好南京的《青春》過來組稿，當時就特想被他們看中，以為看中了就萬事大吉了，什麼農村城市也就隨風而逝了；以為一篇自怨自哀的無聊小說就會跟歌上唱的「像太陽，照到哪裡哪裡亮」。幼稚到這種程度，活不成人樣子，那是活該。

我在這之後的幾個月裡，自尊、人格，什麼都喪失殆盡了，為的就是一個女人。這件事，後來寫成了一篇名字叫《一九八九年的愛情》的東西，也是沒一個人發。二〇〇四年，荊州區文聯辦了一個刊物，我的一個同學到那裡去當一個月拿三百塊錢的見習編輯——他從西北大學作家班回來，比我混得還慘，慘到差點端一個破碗去討米。他怎麼也沒想到，跟著陳忠實、賈平凹拖了兩年的一雙照子，還能重新看上文字的。他早年看過我的這部中篇，當時贊了一句，說，可以。當了見習編輯後，便想起我的這破玩藝。當時，他還說不上話，我這東西拿過去之後，被人改了名字，叫了《戶口》才給發了出來。

荊州市有好幾個弄文學把自己弄得都穿不上衣服的，見了我就說我寫得好。好個什麼，用我同學的話說，要不是他在那裡，就那本既沒刊號，又沒註冊的小得不能再小的刊物也不可能登我的。從寫那東西到現在已經是十七年過去了！

有時候，人還是經得住老。就算過了十七年，我要過四十歲了，但回過頭來一看，竟也不免有一絲心熱。

那個時候一天到晚做著夢，每一個夢都是成名成家，然後美女環堵，進而閱盡人間春色！

我想這一點，至死我也做不到了。我最初以為他做不到的，以為他比我要慘上十倍的。我跟那些政客一樣，睜著眼胡說了一回。他跟多少女人上過床，我已怕說出數目來了。我只告訴你，他辦個一家按摩美容院，那可是千真萬確的！

他的按摩美容院在荊州城的老南門外，從東堤街一下來，一轉彎一溜五家，第二家就是他當的老闆。

「陳書記開了家按摩美容院，你曉不曉得？」

「他跟老子這下好，這下進了他的老本行！」

「什麼意思？」

「他最喜歡日×，這下不把他的雞巴吃大虧了！」

他們說到這裡，我們嘿嘿地笑。）

我當時沒看你，悶頭想自己的心事，彷彿覺得你好像真沒看那閃閃爍爍的玩意，怪招賚人的。到後來我才知道你並沒有恪守你的諾言，不然，你就不會對我說，她媽的，我們以後賺了錢，也去辦個什麼講習所，招聘幾個女創作員。那神態竟有些壓抑不住的興奮，洋洋自得。

我回過神，注意到你正面對著一則招聘女售貨員的啟事看了足足五分鐘到六分鐘的樣子。

（俗話說：狗改不了吃屎。信夫。當然，這是歲月越過了十七年的滄桑之後，我讀上面這段文字時才信夫的。先前，我對他的老底一無所知。以為他如此看女人，只是男人內心隱密的一種本能衝動而已，哪曉得他在弄他河南老婆之前，在一所小學校裡當老師，早把一個八歲的小女生給弄了。

按他這種性質究竟該判幾年，不知道。查資料估計也查得出來。但我說過，我不想為這些小事傷心費神。日子本就過得緊巴，還為了一篇不定有幾個人看，起不到丁點兒作用的小說到處去傷神，太划不來了。

具體到他，只判了一年零六個月。不用查我也知道，這是明顯的量刑過輕。他一出來，通過七一個關係，八一個關係，竟從他那個小地方拱出來了，也就讓我不知他原來是個強姦犯了！

我認識他的時候，他正萬分賣力地利用燒鍋爐的間隙，走車間竄機台，涎在各辦公室，每天向廠的喉舌——廣播室輸送各條戰線上的黨員、幹部們開拓進取的聲音和政績，然後灌到工人階級們的耳朵裡。

我是廠裡從農村以人才的名義招進來的，這在當時也是新聞。因為旁邊的地棉——地區棉織廠的簡稱，他們的廠長書記從鍾祥的山溝溝裡招了一個能寫分行排列句子的十八歲的大姑娘，我們廠裡也想從一個什麼山溝溝裡招一個二八佳人。可惜，山溝溝裡喜歡把漢字不當人話說，要一行一行排起來，讓人不知是在放屁還是在打嗝的女孩兒實在少得可憐，而能夠在今後的歲月裡讓領導們帶到台面上，為自己的臉上增光添彩的就更少了。就是在這種大氣候下，我這個帶把的爺們被一顆色彩斑斕的子彈搞得以為祖墳上冒了青煙。

我到廠裡後，他就主動地和我套近乎，喊我「張老師」。

「不敢當。不敢當。」

「張老師太謙虛了，我在《江陵報》上讀過您的詩。我對您的詩一般都要讀上十遍，說心裡話，我對您佩服得五體投地！」

「那，那不算什麼。今後我還要向你學習。葉書記向我提過你，說你一年寫的通訊稿最少也有一百五十多篇，以後還望你多指導。說實話，到現在為止，我可是一篇通迅稿也沒寫過！」

「真的！葉書記說過我？」

「葉書記說你是廠裡的才子。」

「謝謝你！謝謝你！」

他這個謝謝當時把我搞得莫名其妙，因為那天他來拜訪我的時間，是我上班的第一天。被各種領導訓導了半天，剛坐到宣傳辦公室裡，他就來了，說了那麼多的恭維話，讓我一下從領導們的訓導裡回不過神來。

領導們的訓導，不久我才明白，就是要我感恩戴德。可是，我雖是不久即已明白，可惜還是遲了。這又是後話。當時，在我莫名驚詫中，他忽地握住我的手。那雙沾著煤屑的大手，把我沾有黃泥巴的小手捏得疼了。

「好，好，好。我以後幫你！」

說完，他衝我一笑，走了。

我愣愣地站在辦公室的桌子旁邊，心裡回味著他臨走時的笑像，竟覺得有幾分親切。

我們的友誼就這樣開始了。）

我對你時刻念叨著文學，十分感激，就像一句軟軟的夢話，我提醒自己千萬不要捅破，捅破了，太陽會晒得人心疼的。

（現在還有什麼讓人心疼，我實在想不出來了。看到有人偷稅三百個億，我們心疼了嗎？沒有。看到長江潰堤，我們心疼了嗎？沒有。看到那些失學的兒童，我們心疼了嗎？沒有。看到大頭嬰兒，我們心疼了嗎？沒有。看到黑磚窯，我們心疼了嗎？沒有⋯⋯而那時，我們竟會因為文學的夢醒了而心疼啊！）

7

你說，我們走回去吧。一則省了路費，再則就算是聊天的加時賽吧。

沙市到荊州六公里，我感到肚子有些為難。你說我們加點什麼。（加字用得好，人餓了之後，要用的字應該是吃，而我們只能加。這說明我們的命在那一時期，只是苟延殘喘著。）

餐館，從意識深處忽地竄出來，加入大腦裡紛雜的隊伍。（一個「竄」字，表明從沒有餓了上餐館的經驗。）

哪一種餐館適合我們呢？我們開始比較所有供人填飽肚子的地方。

（這種讓人為難的經歷，後來，陳書記似乎是時時遭遇的。

那個時候，已經是最初的那個廠為逃避債務被一分為四後，其中我所在的那個四分之一廠又垮了一次，又以某種形式變成了另一個廠的時候。在這個廠裡，陳書記成了名正言順的陳書記。

最初的那個廠，我們姑且叫總廠吧。

在總廠裡陳書記不是陳書記，陳書記是陳鍋爐。就在他跟我出遊之後不久，有一天，領導找我談話，說是讓我到車間去鍛煉一段時間。說我從農村來，一下就坐在辦公室裡，對自己今後的進步並不是好事；說我要體諒領導的良苦用心；說領導這樣做，實際上是在培養我；說這樣是讓我儘快地進入角色；說創作是離不開生活的；說我離開了生活，我的創作只能是無病呻吟；說我現在的表現就是一個很好的證明；說我們調你上來的目的，是讓你多寫一下我們廠，我們的工人；說你現在寫的還是那些不疼不癢的詩；說這樣就與工人階級有了距離。所以，為了你的前途，你到基層去鍛煉是很有必要的……

我就到織布車間去報導。車間主任把我很客氣地叫到車間辦公室裡，對我說，大才子，讓你到車間委屈你了。這樣啊，你暫時負責車間的黑板報吧。黑板報一個月一期，你有時間就去幫著修修機，怎麼樣？

織布車間原來辦黑板報的是個女的，我不想搶她的飯碗，遂強烈要求去修機。車間主任很怪地看了我一眼，說，也好。於是，我本來是來拿筆的手，就這樣拿起了扳手。

第二天進廠時，我看到陳鍋爐從宣辦出來——宣辦在進廠那條大路的西邊，大路東邊是廠辦。兩隻癩蛤蟆，一邊一隻。

「張道文，你過來。」

我好奇地看了他一眼，心想，他可能還不知道我下車間了，這麼早找我什麼事？我沒注意他的稱呼，也沒注意他說話的語氣。在這之前，他先是叫我「張老師」，我覺得彆扭；他說，沒什麼的，達者為先麼。等到我們熟得不能再熟了，他改口叫我「阿文」。

我從大路上踏上旁邊的台階，他站在離宣辦的門——宣辦的門早開了——五米遠的地方，一動不動，像一個矜持的小女生。

我跟他之間的距離大約也只剩下五米時，我覺出了一些異樣，他原本披在身上的那件沾滿了煤屑的帆布工作裝，被一件灰色的襯衫代替了，腳上的一雙爛解放鞋，換成了一雙人造革的涼鞋，頭髮很乖順地貼在他的頭上，偶爾有風，它們便輕盈地揚起，讓早晨的陽光一縷縷穿了過去。

我停下了我的腳步。

「你在這裡幹什麼？今天不上班？我……」

「我曉得了。領導讓我來負責幾天宣辦的事。不過，你放心，遲早還是你的。織布車間是廠裡最大的車間，你到那裡深入生活，我想你能寫出更好的東西。我們倆誰跟誰，希望你多寫些反映一線工人的好文章！」

「恭喜你。不過，我得告訴你，我只是一名修機工，你可能找錯人了。」我嘴裡說著恭喜，臉上卻烏雲滾滾。說完了，轉身就走。

由此看來，我是個雞腸小肚的人。

這之後，我見了他總是掉頭就走，他到車間找了我好幾回。見我這個樣子，便下了個公文，召開全廠宣傳工作會議，並專門點名要我列席，說織布車間太大，必須兩個宣傳員才行。

車間的女宣傳員一本正經地拿著紅頭文件通知我跟她去開會。我不敢不去，上面寫得清清楚楚，廠黨委副書記葉××部署下一階段宣傳工作的重點。我要是不去，除非我捲舖蓋回去當我的農民。

看到我走進曾經是我待過一年的辦公室，陳主任，不，陳鍋爐伸出手來想和我握到一起，我卻沒把手給他。我揀個角落坐了下來。

陳鍋爐先是報告他上台以來的工作成績，說宣傳工作在廠黨委的領導下，在×書記和葉副書記的親切關懷下，取得了一定的成績，僅半年時間，上縣級黨報就達五十三篇，上市級黨報十篇，上省級黨報一篇，實現了零的突破……我再雞腸小肚也得承認，從數量上說，他的成績應該是巨大的才準確。我搞的一年裡，縣報只上了十篇，市報只上了兩篇，省報連門都沒摸一下，只有我發了一首小詩，這顯然是跟廠裡不搭界的。看來，這個位置安排他坐是找對了人。

這次會議之後，我雖說沒有加入他的胡說八道集團，但我對他的一絲絲怨氣卻是消泯了。

接著，傳出一則有關陳鍋爐的小道新聞，說他今年又一次寫了份入黨申請書，結果還是給刷下來了。陳鍋爐很是不服，說自己當初是個陳鍋爐，的確不夠格，可現在自己是陳主任了，大小也算個中層幹部，而且工作也是突出的；再說自己要是還不入黨，那像個什麼樣子——哪有幹部不是黨員的？哪有管宣傳的不是黨員的？那豈不是讓黨的意識形態落入外人之手？那可是大是大非的問題！陳鍋爐意識到問題的嚴重性後，就買了很多東西，晚上去拜會黨委葉副書記。葉副書記看著那一大堆東西，說，你只要把×書記的工作做一下就可以了。

據說，第二天陳鍋爐就搬了縣報總編上了廠黨委書記的門。也不知縣報總編怎麼跟我們的廠長兼書記大人溝通的，結果，我們的廠長兼書記大人勃然大怒道：只要老子在位一天，他個強姦犯就跟老子別想入黨！

我坐在車間修機房裡，聽師傅們罵罵咧咧出這一通時，心裡偷偷地樂了好一陣。

「他個狗日的真的會吹，明明是黑的，他硬是能說成白的。這個廠不被他吹垮，你說老子不對！」

「你說話嘴巴緊點，這裡還有個會吹的，小心告你的狀。」

「你說小張啊。小張跟那個強姦犯可不是一路的。小張有骨氣，當時寫的稿子哪像現在，他媽的，每天都是說我們好啊好，又取得了什麼狗屁成績啊，連影子都沒得的事。我記得小張當時有一篇寫的是如何節約，減少浪費的。小張，你跟老子只怕就是這篇戳屁眼子的文章倒的霉！」

我不做聲，只是嘿嘿地笑了一下。

「小張，我真的瞧得起你。能夠寫東西的人，就要有良心。狗日的，沒得良心，又會寫東西，那個狗日的是要把人害死的！」

「狗日的，老子要是會寫，老子就整份黑材料，太不像話了！」

所有的修機工在這句話後都看著我，把我看得不自在了，我說：「你們看我幹什麼？我跟你們說，我既不會像陳鍋爐一樣，也不會像你們說的那樣。你們其實也曉得，要不是你們的廠長書記大人，我還在農村搓黃泥巴呢。我這個人還是曉得感恩的，我幫不了他，我也不會去戳他。」

談話到這裡結束了。我細細地觀察陳鍋爐，發現他似乎並沒有受到多大的打擊，沒幾天，他竟陪廠長書記大人到香港去了，這讓車間的修機師傅很是不平了幾天。有人譏笑我，說這個機會應該是我的。有人更是不平，大罵說這一去，只怕全廠三千多工人就要白忙活一個月了。

一個星期後，陳鍋爐回來了，中午吃飯的時候，他從幹部食堂裡到職工食堂來找到我，對我說，他買了兩本好書，要不要看。要的話，吃了飯就到他的辦公室裡去。

說了，他就往外走。看著他的背影，這個時候，你怎麼也不會想到他曾經不過是一個燒鍋爐的。雖然他還是五短的身材，可這時，那雪白的衫襯裹著的身子分明透出一股富貴氣來，那踢過水磨石地板的皮鞋「篤篤」的聲響，敲出的分明是上層人物從容而行的韻律。

我與他已有兩年沒有直接交往了，但書對於我，是具有無法抗拒的魔力的，何況是從那個陌生的地方，那個讓人神往的自由天堂裡帶回來的書——我無法抗拒地到了他的辦公室。

「坐啊！」

他站起來親自給我倒了一杯茶。說良心話，我有些受寵若驚。

「陳主任，別，別客氣！」

他的一杯茶，就讓我犯賤地第一次把「陳鍋爐」喊成了「陳主任」！

抱著他遞過來的茶，陳主任興致高漲起來，從腰間的一大串鑰匙上找出一把，捅進辦公桌底下的櫃子裡，從裡面拿出一個方方正正的紙包，他折著包裝紙的手，我看出在微微地抖著。

包裝紙打開了，裡面是一個書匣，他把書匣推到我的面前。我一看，四本書整齊地裝在裡面，書脊上是五個燙金的字——金瓶梅詞話。

我一時說不出話來。

「怎麼樣，天下第一禁書，內地絕對買不到！」

我把書從匣子裡抽出來，順手便翻起來，他像被什麼嚇住了似的，趕緊從我的手裡把書奪了過去，重新塞到匣子裡，往櫃子裡鎖了。

「你小子不能看，你看了車間的女工要出事的！」

「跟你一樣，連小學生也敢搞？」這是我心裡的一句話，要是沒喊他「陳主任」，我一咬牙，說不定這句話就從嘴裡蹦了出來，現在沒了這勇氣。「不看就不看，讓你自己去享受吧！」說了，我把茶喝了一口站起來準備走。

「還坐會，著什麼急？」

「車間有事，去遲了別人有意見的。」

「你呀，我都不曉得怎麼說你。這樣吧，我跟車間主任打個招呼，讓你上去到車間辦公室來吧。」

「算了，我覺得修機滿好的。」

這之後，總廠忽地就轉不動了，說是嚴重的資不抵債。傳了一陣說要把廠長書記抓起來，但廠長書記卻安然地退下去了，丟下一個欠債高達兩個億的廠一分為四。

陳主任一下沒了著落，哪個小廠都不要。那一陣，他有些失魂落魄，每天拎著一個話筒，跟在我們新廠的廠長身後，像他長出來的一根尾巴。

新廠廠長是個三十歲左右的退伍軍人，梳一個小包頭，皮鞋擦得可以當鏡子。他到哪個部門開會，陳主任就把話筒架到哪裡。一開始，新廠長只偶爾說上一句，陳主任臨時給我們幫一下忙。差不多忙活了一個月，新廠終於人心穩下來了，要開工了，要建規章制度了，而所有的規章制度陳主任是最懂的，他一下有了用武之地。所以，新廠長便在又一次開會時說，正式聘陳主任擔任辦公室主任，負責各個部門的規章制度和操作程序的制定。

這跟孔老二的徒子徒孫為劉邦演禮的味道差不多。

陳主任便成功地到了新廠，也成功地繼續當他的官，稱呼也還是陳主任。正因為如此，新廠沒上半年，就跟老廠沒有了什麼區別。用人上，自然是任人唯親。用錢上，廠長一支筆，想花多少就是多少

——第一件事是用三萬塊錢買了一部「大哥大」，成天提在手裡，左一個電話，又一個電話，一個月話費用了一萬。第二件事是把織布機賣了五十台，買了一輛「桑塔納」，每天晚上，帶著小姐上館子、下舞廳。一天晚上，喝多了點，帶著一個舞廳小姐兜風時，把車開到江堤下面去了。把小姐、自己、桑塔納都搞得住了院。

這一事件讓廠裡譁然。從總廠裡分出去的另外三個廠，正紅紅火火的，而我們眼看著就要走上老廠的死路了！

這天晚上，我啃過了三毛七分錢的餅乾，想著自己的心事，忽地幾個黑影把我租住的房子圍住了。我嚇了一跳，以為誰來打劫我的三毛七分錢一袋的餅乾呢！顫顫驚驚地打開門一看，車間裡的幾個修機師傅一下湧了上來，嘴裡都喊：「有救了！有救了！」

我趕緊把他們放進屋來，五個人一下把屋子擠得汗流浹背。

「什麼有救了？」坐定後，我問。

他們說：「我們來的時候在心裡許了個願，說如果我們能一下就找到你，我們這個廠就還有救。你看，我們不是一下就找到了你！」

「哦。」我驚異不已。他們看我沒回過神來的樣子，便說，我們今天來的目的是想讓你幫著寫一封檢舉信，把廠裡的情況向市委、市政府反映一下，要不，這個廠就死了，一千多人今後生活怎麼辦？

背後搞人，這在我可是第一遭！我把我的意思說了，大夥氣憤得不得了，紛紛說，不採用這種辦法，誰來管你的死活。我們廠的主管部門是區經委，就那幾個貪官，哪天不是跟廠長在一起？賣了五十台織布機買的一台桑塔納，哪天不是在經委的門前進進出出？

我無話可說，便提起了筆。那些破事都是每天在嘴裡念叨的，寫起來半個小時就搞定了。我讀給大夥聽了一遍，他們說一定要加上一句，要市委、市政府把像強姦犯這樣的人也要治一治，因為他太害人了，一肚子禍水，新廠長實際上是他帶壞的，是他把總廠的流毒傳下來的！

信寄出去後，沒半個月新廠長真的被免了職，又派來了個新廠長。剛開始一個月，新廠長好像還刻意地與陳主任保持著距離，一個月後，他們就形影不離了。這一年的七月到了，在前一個新廠長手裡，陳主任入黨的申請終於得到了批准，這個新廠長來時，他就正式地宣了誓，進入了預備期。

這個新廠長似乎是個實幹的人才，兩三個月，廠裡就有了興旺之象，上級就開始重視起來了。一重視，就要成立黨委。所有的檔案當然是陳主任起草了，沒想到陳主任在起草黨委班子組成名單時，沒跟任何人打招呼就上報了。上面批文下來時，大家大吃一驚：黨委書記雖說是新廠長，可第二個名字，黨委副書記卻是他的名字。新廠長勃然大怒，說這嚴重違犯組織原則，他一個還沒轉正的預備黨員，是不能擔任黨內任何職務的。當即停了他的工，勒令他把管的幾枚章子交出來，聽候處理。

我當時正從織布機底下爬出來，一身的油污，在車間外的水槽邊用臭肥皂洗手。就聽廠長憤怒的聲音在頭頂乍響，陳主任站在樓下，那神情用別的形容詞都不行，只有用挨了打的菜狗子形容才不走樣。

當天下午，廠長親自找到我，把我從車間裡拔了起來，說是接替陳主任的辦公室工作。可我的屁股還沒在陳主任坐的位置上坐下來，陳主任就來上班了。這時的我倒成了一個尷尬的東西。廠長過意不去，就把我放到工會，讓我主管共青團工作，兼負責全廠的宣傳。

我既不是團員，更不是黨員，你說稀奇不稀奇！

更稀奇的是，陳主任幾天後竟真的變成了陳書記。

陳書記臨了政，第一件事就是覺出我當團委書記的荒唐，為了嚴肅起見，我便被下放到保衛科做了一名副科長，兼廠裡的通訊報導員。

第一天到保衛科上班，派出所的兩個人過來檢查治安聯防，一來便坐在辦公室裡，跟另兩位保衛科的前輩聊得不亦樂乎。聊了一會，保衛科第一副科長給陳書記打了個電話，說，派出所的徐副所長和趙幹部過來了，您是分管的頭，中午怎麼弄一下呢？陳書記怎麼回答的，我沒聽清楚，當時，我正在填他們帶來的綜合治理情況匯報表。

沒過五分鐘，陳書記邁著五短的小腿，一路小跑過來了，隔老遠就喊：「徐家爺爺，徐家爺爺，是您家來了，那我來遲了！」姓徐的副所長笑著說：「狗日的，你們的陳書記就是嘴巴乖！」保衛科科長說：「陳書記是我們廠的第一大筆桿子。這個小×，」他的嘴往我身上一挑，說：「也很寫得一下，就是嘴巴臭，跟吃了大糞似的。」說著陳書記已進了保衛科的辦公室，手伸出老長來握徐副所長的手，滿臉激動。「徐家爺爺，您家越來越帥了！」說了，又握住趙民警的手說：「趙大幹部，跟著我們徐家爺爺要發大財的！」徐副所長說：「這個狗日的，嘴巴天天都在喝蜂蜜啊？」大家就笑成一團。笑過了，陳書記說：「徐家爺爺，今天到哪裡吃呢？吃了再搞個麼節目？」這麼一說，大家就你一句我一句說這裡好吃，那裡不好吃，這裡去了好幾次不好玩了，那裡玩的節目太少，這裡太顯眼了，那裡又太背了。總之，所有的話均不在我的經驗之內。

終於定了，我滿以為今天要享一回口福。這個時候的我其實早就墮落了。要是還沒墮落，陳主任的位置上沒坐下去，我會衝冠一怒，重回我的車間的——我在車間裡看著他們整天這裡吃，那裡吃，心已羨慕得疼了。一行人出了門往外走，我也跟著。科長說：「小張，你就不去了，保衛科三個人不能都去，去了門房有意見的。」

「哦哦！」我的腿肚子一軟，差點沒穩住自己，但嘴裡還是連連地應承著。科長可能也看出來了，就說：「原來我們去的時候，也是分開去的，一人去一回。我們等會跟你打包回來。」

「打包像個什麼樣子，影響多不好。你就到食堂裡去吃，在那裡記帳，就說我說的。」陳書記在關鍵的時候做出了重要的指示。在我唯唯諾諾中，一行人爬上派出所的車，一溜煙地走了。）

8

荊州和沙市是比鄰的兩座老城（要合併的話說了很多年）。（前面這個括弧是原文裡的括弧。合併終於在一九九四年實現了。這一時間偏是記得，也是出鬼。

全國所有的地市合併可能都算不上成功。荊州和沙市合併後，更是百瘡叢生。關於這個問題在這樣的文字裡展開是不合適宜的。因為我和他都沒有進入到荊沙合併的程序裡去，兩個人身上發生的事也與合併沒扯上關係。所以，把這樣的問題先留給社會學者或者是經濟學家去研究，等他們把問題研究透了，我們舉著對自己有用的理論旗幟，然後把自己掌握的因合併深受其害的人和事填充進去，使抽象變成具象就行了。）我總喜歡把它們放在一塊比較比較，心總是偏向後者。你和我有同感，來時我們討論過。你莫測高深地和我講什麼文化層次。你說，在近代史上，沙市曾被洋槍洋炮辟為通商口岸，也就是說受到過大西洋文化地濡染，所以所以。顯然，你沒說的那句話是：古荊州兩千年前被楚定為都城綿延至今的燦爛的楚文化，敵不住百年的奴性文化的挑戰！這問題太嚴肅了，稍稍敷衍幾句，你吃不了就只能兜著走了！

當時，我沒接你的茬，不是給你沒趣，是為你好。

當我從第二個書店出來，我覺得還是沉默為上。或者一定要找個詞來概括，那就烏鴉什麼的，簡單明瞭，拐彎抹角想個什麼詞也真是不容易。此刻，再也懶得去進行什麼比較了。

（讀上面這些文字的時候，有好幾次忍不住就想停下來，把自己要說的話插進去，但我終於是忍住了。這一段如果割開，單是說事就有些說不清白。另一個沒插進去的理由——當然是為了照顧讀者閱讀的連續性了。這有些為自己臉上貼金的嫌疑。

這一段說的是一個很複雜的問題，也是一個很危險的問題。這樣的危險只在不多的幾個國家才存在。一個國家、一個地區的好與壞，判斷它的標準究竟有哪些，在這裡我試著給出一把尺子。首先，應該是經濟的——它治下的民眾生活在怎樣的水平線上？是饑寒交迫，是貧困，是溫飽，是小康，是富裕？這種判斷是以自己定的標準，還是以國際通行的標準？其次，應該是政治的——它治下的民眾有沒有說話的權力？有沒有批評當政者的權力？有沒有選擇自己被領導的權力？有沒有拋棄對自己瀆職的領導的權力？還是只有逆來順受的義務？只有任受割宰的義務？只有遭受蹂躪的義務？只有付出的義務？

再次，應該是文化的——它治下的民眾道德質量的高度，社會公信力的大小，對於弱者、困者給予的多寡……這裡之所以打省略號，完全是因為自己淺陋，一時開藥方開不過來了。羞慚之際，又覺得一人之智終是有限，打上六點，正是自己謙遜的表現。

表揚了自己後，我坦白地告訴你，我是一個漢奸論者。漢奸這個詞被汪精衛搞得有些不清不白了。這是個不能爭論的話題，為什麼是不能問的。想想在「寧與外賊，不與家奴」的語境下，卻要家奴挺起胸膛來保衛他的統治，是不是太不要臉了一點？老百姓在中國，哪一朝哪一代不是只有受奴役的份？憑什麼把你奴役就好，把別人奴役就不對？香港被人奴役了這麼多年，現在成了我們嚮往的樂土，諷刺意義不可謂不大也！

人類在這個早已千瘡百孔的星球上，有統治者由來也太過久遠了，你爭我奪，不過是因為自己無度的貪欲而已，所有的人都心知肚明！所有的人想的都是「我死後，管它洪水滔天」！我渴望有尊嚴地被人奴役，渴望公平地被人奴役，渴望正義地被人奴役……如果確乎有這一種被人奴役的制度，我當追而隨之，如若因之被人罵為漢奸，我欣然而受並坦然大笑！

他說的沙市因為受到過大西洋文化濡染之類的話，實際上是拾我牙慧。這究竟是他拍馬屁的一種技巧，還是挖好的一個陷阱？我當時對於這種政治上的圈套，還是保有一定的敏感的！）

還記得在第二個書店的情景：

收款台設在少兒圖書櫃的出口。少兒圖書櫃的在文學圖書櫃對面。

我冒冒失失地操著我的江陵普通話問少兒櫃的小姐：（當時把年輕女子稱小姐還是合適的，現在你要敢再喊小姐，包管得一句「你媽才是小姐」的回罵。小姐自改革開放以來，這香豔的稱謂慢慢就變成了爛肉。坐台小姐、三陪小姐、髮廊小姐——她就是妓女、暗娼的代名詞了。漢語的這一稱謂，在我們的身邊活生生地表演了一次「與時俱進」。）

「小姐，你收款嗎？」

「看不見，在那！」

「沒人啊。」

她的眼向上一翻，緊跟著一閉，嘴向邊上一撇，掉過頭去。

我真是不知死活，嗆了滿口的槍藥，居然一而再地開口，活該。這就叫自討沒趣。但我的心卻有一瞬的坦然，中國人呵！

（這個一瞬間的坦然有點讓我現在摸不著頭腦，連著後面跟著的「中國人呵」四個字來看，似乎是因為對手是中國人，所以她把頭向邊上一撇，掉過去不再理我，我無須感到羞愧。中國人三個字後跟的不是一個啊字，而是一個呵字，這個字透著別樣的意味。它似乎在說，中國人就是這樣的！是啊，生活中從來有錢有權就是爺；即使無權無錢，只要你在「求他」，他也就變成爺了。其實，我買她的書，是我在養活她。就她那小樣，都不買她的書，她第二天就得關門。後來果然就關了門。外國人是曉得這個意思的，所以就說，顧客是上帝。我要是上帝，那丫的，我不讓她下地獄才怪！我說這話，也把我的醜陋暴露無遺，再怎麼說，我也逃不出中國人呵。）

我回過頭看剛才文學櫃的小妞，她正隔著一排木柵欄和自選櫃入口存放包裹的老太太聊著什麼，親熱極了，彷彿壓根就沒我要買書這回事。

那老太太慈眉善目，笑從她的嘴角漫出來，在整個書店流淌。

（慈眉善目的老太太的笑，我負責任地告訴你，絕對是假的。我是認為人性惡的，我覺得人真的如佛陀所說，是一種天生有缺陷的物種，「貪、嗔、癡」三毒，與生俱來。

這樣說太過形而上了，老太太是形而下的。所以，我們把佛陀放在一邊，只說這老太太。

在國營壟斷一切的時候，凡單位守門房、守倉庫的老太太、老爺爺，一律都是該單位的一把手、二把手的親戚。他們自己的爹娘老子自然是不會來的，他們生了有出息的兒子、姑娘，早在家裡享福了，但他們的七大姑、八大姨怎麼辦？那就看個門，守個倉庫混混日子得了。所以，那小妞置我於不顧，與滿是褶子的老太太親熱極了，是有目的的——拍領導的馬屁！想一想，我們也真是遭孽，生在這樣的國度裡，誰逃得過這般鐵律？

我先說過，我剛從農村來的時候，領導們拚命地訓導我，我不知所以，後來才明白，領導們是要我感恩戴德，可惜，還是遲了。

農村相對而言，民風是要比城市純那麼一點的。儘管後來我的這一觀點遭到了無情地打擊，但以我的切身經驗來看，我還是要堅持我的初衷。如果你不想投機鑽營，往自己的責任田裡一扎，人際關係終究簡單一些。即使在提留壓斷脊樑的那幾年裡，也只有那麼幾個月與當官的打交道。哪像在城市裡，無論是在工廠，還是在事業單位裡——在這裡把官場省略，懶得討論。雖說官場那種逢迎更讓人髮指，但一個二個喝人血的時候，卻一致地津津有味，當狗當豬當驢都是心甘情願，所以活該——每天都有八個小時以上的時間要面對領導，稍有不遜，即會斧鉞加身。「斧鉞」這兩個字用得有點戳眼，但對於靠工資收入來養家糊口的小職員來說，扣工資，一輩子晉不了級，不是斧鉞加身又是什麼？

到了今天，原來的小姑娘早已是半老徐娘，在心裡，我不僅原諒了她，我甚至想，如果能夠重述這一事件，我願意為我當初的腹誹向她致歉。她活得也是難啊！）

少兒圖書櫃的小妞鄙視了我之後，悄聲和一位俯在櫃檯上的男人說著軟軟的細語。那男人沉浸在煙霧裡，輪廓很有些硬。

我算是鐵了心，什麼也不顧（我是一個很執著的人，要不，怎麼會從文學青年一直搞到文學中年？），回到文學櫃，硬生生地把小妞從愉快而悅人的笑中拉了回來。（用話拉的，不是用手，用手就算是吃她的豆腐了。）

「沒人，我不買了。」

「誰要你買了？」（這話擱誰身上，誰都得七竅生煙。）

「我回過頭找你，你無動於衷，假意欣賞櫃檯內壁的一幅油畫，一臉的高雅狀。我想跟你說，不買又捨不得，咋辦呢？你這個混蛋！」

（我在這裡責備後來的陳書記，是沒有道理的。那女人給了我臉子看，我生氣的對象該衝著她，可我卻寫對後來的陳書記生氣。這只能說明，一是我沒把握住人物的性格。要不就是我內心的虛弱，我找後來的陳書記的歪，不過是掩飾自己的尷尬而已。或者是說，像一個受了委屈的小東西樣，看到熟人想撒一把嬌。當時他給我的是一個冷屁股，我當然要罵他是個混蛋了，誰叫他讓我撒不成嬌呢？）

有人替我說情，讓我交上零錢把書拿走。那女人居然同意了。可惜我沒有零錢，找你換，你尷尬地搖搖頭，你說沒有。我無可奈何，扔下一張整鈔，夾著書走得「灰溜溜」的。（上下文一看，人物的性格沒能表達透徹，看來有些確鑿。因為我終於還是把書買走了。這裡還有一個問題，就是那張整鈔究竟是多少，與書的定價相差幾何？按情理，肯定差不了多少，要是多了，以我當時的收入是斷不會走得「灰溜溜」的，那是一定要死乞百賴地。這也算是原文的一處暗傷吧。）

你陰陰地笑，跟著我走。（他當時真的是這個樣子，一句話不說，一絲笑掛在唇邊，一副幸災樂禍的相。）

什麼狗屁書店，差得要命！

我沒忘記在走的時候來一句怨忿的感慨，我知道無濟於事。（這說明我不是個膽大的人，但又吃不得虧。）

差？

那女人把鼻子揚起來，持久地做著排氣運動。我想起了人最不乾淨的那個地方，那兒排氣和此刻沒有多大的區別。那氣很響地有滋有味地從鼻腔裡向外滑動。怪我？那語氣陰毒而又輕蔑。

（這裡描寫那個女人的對話，有點不合邏輯。「怪我？」這是反詰句，也就是說怪不得她。那不怪她怪誰？難道要怪這種制度？這是對的，這一切都是扯蛋的制度造成的。但我不相信這麼一個女人，她的認識竟會深刻到這種程度！假如她真的深刻到了這種程度，那她就絕對不會表露出來了！制度再扯蛋，可這一刻是你在操作啊！再怎麼辯駁，她也逃不脫打自己嘴巴的下場。所以，這場對話的設計存在明顯的漏洞，如果是寫實的話，那就說明自己當時下筆時還不懂得提煉，不懂得什麼叫「藝術的真實」。

正因為有了這種缺陷，人物就顯得不典型，就無法立起來。同時，這樣東一下，西一下，整個故事就顯得散了，顯得隨意，近而閱讀的快感便流失了。所以，發不出來，也就似在情理之中了。

既然如此，這篇小說還有必要讀下去嗎？按說，是不消浪費讀者朋友金貴的時間了，可一想，一個二十一歲的小傢伙，在動筆之初就想針砭一下時弊，也算是有點人文精神，這就不簡單了。放眼望望，現在橫行文壇的筆俠們，能飽有人文精神寫作的也還是稀奇的，那這小子十幾年前究竟搞了個什麼東西，也就值得探究了。

況且，這麼把一個小傢伙左一撕右一扯，也能看出幾分文章的套子，也不能說沒得一點用。

對不起大家了，找這麼大一堆理由，最後就是要繼續謀奪你們的眼球和時間。既然被你們看穿了，我也不找理由了，就算我求各位了。爺爺奶媽、大伯大媽、叔叔阿姨、舅舅舅媽、姑爹姑媽、堂兄堂弟、表姐表妹……我們還是接著往下看吧！）

我不能「滿意在沙市」。他們的這個活動開展得熱熱鬧鬧。但我跟誰說呢？跟市長張道恒？我沒那麼傻。你說，聽名字你們就像兄弟倆。是啊，我不就是那個叫張道文的嗎?!

其實，根本沒那回事，八杆子打不著一根毛。人家是人家——市長大人；我是我——窮癟三。風馬牛不相及。

（中國人喜歡搞些空洞的活動，在這裡懶得說了。這裡想說張道恒這個名字。我估計這個名字，在中共中央組織部肯定查得到。

中國人的名字，第一個字是姓，第二個字是派，第三個字才是自己的名。

姓，大家都知道是怎麼回事。有的是取祖宗崇拜的動植名為姓，有的是以自己從事的工作為姓，有的是皇帝老兒賜的。據說姓張的，最初是軒轅皇帝手下專管造弓箭的高手，軒轅皇帝跟蚩尤過招，贏了半勢，全得虧老老祖宗造的弓箭硬扎。軒轅皇帝一高興，就讓老老祖宗姓了張。他姓了張後一發桠，就滿天下都是了。所以，同姓五百年前是一家。

第二個是派，這個字很關鍵的，它標明著你在這一姓眾多人等中，輩份之高低。我有一個朋友姓肖，他們祠堂裡起的派傳下來好長，我記得的有這麼幾個字：國正天心順……他就叫了肖國成，他的兒子便叫了肖正平，他的孫子則叫了肖天明。如果這幾輩人都有了，也就是說派用光了，那祠堂裡就得重新起派。一般一次是要起二十幾派的。這樣說來，我跟張道恒首先五百年前是一個屋裡的，而且現在，我和他還同著派，那就是說，我跟他還在二十輩之中，我見了他得喊他「哥哥」才是正理。想想也是，兩個人既同姓，又同派，且住在一個城市裡，要說沒有一點關聯，實在是有些說不過去的。

後來當了陳書記的「你」，和後來由江陵縣變成了荊州區的一個陳姓區長，一下就拉上了關係。他姑娘考高中時，成績考成一攤狗屎，他把陳區長幾聲伯伯一喊，那伯伯區長就跟教委打了電話，他的姑娘就讀上了重點高中。

寫到這裡，對於他是怎麼和區長攀上的，真想學學。你們可以想想，要是我當時借著他的話頭，虛心地向他請教一下，說不定還真能跟市長掛上點兒關係。那樣的話，你們說我現在會是怎樣一個派頭？

我說句不該說的話，絕對是一個讓人抓不到把柄的貪官。天天吃香的，喝辣的，肚子向前挺著，把人家大肚子孕婦都會比得不好意思的！

你看我當時的態度，竟說什麼「風馬牛不相及」。我們是馬和牛的關係嗎？不是麼。可歎我天生的賤命，眼睜睜地就看著同姓同派的市長，從這個城市裡走了，我後來成天受陳書記的氣，那真應著兩個老字：活該！）

9

從便河南路插進中山南路，我們去三味書屋。就是在那裡，你看到了招聘女服務員的啟事。你喊我看，我們倆呆呆地比著傻像。（為什麼一則招聘女服務員的啟事就讓我和他發了呆呢？我現在跟你說，那是因為我受他的影響，也覺得招女服務員，就等於是老闆跟自己在找情人。這有點像皇帝選妃的意思。老杜在《阿房宮賦》裡說得好，恨不得天下美色，供自己片刻之淫樂。男人骨子裡，也許真的就是為了天下的美色吧。

要說我的話，我至今也算夠正經的了，沒嫖過娼，沒玩過情人，可我活動活動心眼還是一不小心，就意淫不已的。當時，我還在二十一歲，無論如何純度都要比現在高些。饒是如此，也經不住他在耳邊一鼓搗，那花花腸子就打成了結。所以，他一說女服務員，本能的反應就跳了出來，與他的下流就渾然不分了。）我說進去看看，你欣然允諾。你用手捋一捋頭髮，左手不經意地扯了扯衣角。這個時候，你捋手發，絕對是想努力使自己瀟灑些。我覺得好笑，真的，我一點不騙你。你在頭裡昂首走入店內，我緊跟著你。

（這一段的幾個細節捕捉得不錯，把他的虛榮勾勒得有些入木的味道。）

撲眼而來的衣服像一股潮水撞上胸膛，胸口便悶了。那排得密匝匝的衣服，在人的點綴下，彷彿一扇扇森森的甬道。

我斜眼瞄了瞄那垂在胸前的小紙片，燙金的洋文印得規規矩矩，彌漫著異國風味，但中文卻是手寫體，大約是請小學二年級的小朋友寫的，一橫一豎不是怎麼周正，別得人有些心慌。可我們卻只能看懂這歪七豎八的一橫一劃……

（這是我一生的疼。）

值我英語啟蒙之時，負責教ABC的是一個後來跟陳書記一樣的傢伙。他是大隊書記的侄兒子，他除了認得二十六個字母外，跟鄉里老農民是沒有區別的。你想想，他是在大砸大搶那幾年讀完他的兩年初中的，然後，就為人師表了。到了恢復高考時，他就肩起了啟蒙英語的重任。

也是活該我們悖時。他的隔壁有一個人在沙洋師範學校讀英語，他就每個星期天跟他學兩句，然後來對我們嘰哩咕哩。最簡單的陳述句，這是一張桌子，他老先生在書上是這樣給自己注的音：累死一日堆屎克。不幸，我翻他的書看到了這滿眼的漢字。又不幸，被他把兩年的時光熬過去後，忽地初中要讀三年了。生產大隊這時被改成叫「村」了，村裡辦的初中一律取消，集中到由公社改成了鎮的地方去。先前學的是薄薄的「廣東教材」，現在換成了厚厚的「全日制」教材。集中後的初三年級是通過了極嚴格的考試的，只有兩個班，一百號人還打缺。教英語的老師是剛從縣師範畢業的一個女生，只比我們大三歲。

暑假裡，我們去搞兩本教材的銜接補習，教室裡沒有電扇，大三歲的女老師熱得不得了，汗便濕了她的衣服，那纏在胸前的一根花布帶就打得眼直發花，哪裡還記得什麼從句，什麼表語。一門心思地想弄清楚那如墳的胸前藏的東西是怎麼樣的。偏是這個時候出了意外。集中的學校離家太遠，我們不得不住校，每逢星期六才回家一趟，把家裡的鹹菜用罐頭瓶子裝上四大瓶後，再在星期天趕到鎮裡的學校，苦熬一個星期。星期六下午回家，我們走的是三一八國道，每次我們男生都要扒順路的拖拉機的。這天，一輛拖拉機過來後，我們和以前一樣，發足狂奔，一下就抓住了車廂。這時，只要緊跟著再跑幾步，身子一縱，腹一收就可以用半個小時省下兩個小時的步行了。心裡正美著，沒想到，那司機將車猛地一甩，人便一下飛到了路邊的法國梧桐上，只聽「砰」的一聲，就什麼也不知道了。等有了知覺後，那頭已不是原先的頭，那腰也不再是原先的腰了。

過了整整一年半，我才重新坐到比我矮了半個頭的同學中間。那個比我們大三歲的女老師，這時被一個男老師把肚子弄得她胸前的那兩座墳可憐的小了。而這時傳來我們最早的英語老師把一個小學三年級的小女生弄得血糊湯流，結果把自己弄到了沙洋勞改農場。他的那個隔壁，恰在農場外的一所學校教ABC，他們又成了隔壁。不知他整天在高牆內聽著他的那位隔壁的聲音，英語是否有所長進！

接替女英語老師的是一個三十多歲的男的，禿頭，說話嗡聲嗡氣，就跟嘴裡含了一截騷蘿蔔似的。我便不喜歡。這時，別人沒有教材銜接問題了，那禿頂的傢伙也不管我，我就放任自流。那一年中考，英語只算百分之七十的成績，所以我上高中，倒也簡單。高中英語就成了天書。好在我的語文、歷史、地理、數學倍棒，吃嘛嘛香，但高考不吃這一套，我便垂頭喪氣地回到了家，又不甘心，就把總是洇得右手拇指、食指、中指藍汪汪的一大片的一管鋼筆，在紙上把漢字亂劃，竟被人讀出了詩味。這便是我的歷史……

這有些東扯葫蘆西扯瓢。沒辦法，我這一生是不能說到英語的，只要說到英語，我就氣不打一處來。那年高考，我只差六分！你說我英語打了多少分？十五分。卷子一發下來，我把那些選擇題東一勾西一勾，只用了五分鐘就搞掂了。我守著那些歪歪扭扭的字母，在考場上苦煎苦熬，最後實在熬不下去了，半個小時後，心一橫，眼一閉，把卷子往桌上一扣，站起來，走了。

想想吧，假如不是那個強姦犯誤我，我至於如此嗎？我不說像別人打八九十分，我只打六十分總不算奢望吧？算了，六十分都多了，五十分吧，這樣，我就會比高考錄取分數線高上四十四分。凡有高考經驗的人去想吧，高出錄取分數線四十四分，那會是怎樣的一個概念呢？

這個概念搞得不好，可能是逃出境外的概念。當然說好聽一點是留學，移民；不好聽就是偷渡、政治庇護……如果英語好，我是斷不會坐在這裡寫這些自慰似的破字的！）

當門的櫃檯裡，義大利的皮鞋放在最顯眼的入口。那標價，三位數在不知不覺地向四位數靠攏，突破只在剎那之間。我旋即明瞭，這輩子我是不敢想這些玩意了。但我懷疑這些都是「水貨」——假的！

現而今是改革開放，春天不免要有蒼蠅蚊子，我完全理解。

（這個觀點在當時是極其前衛的，但現在實在太一般了，也就懶得感慨萬千了。）

你站在那一排排衣服面前，用手摸了又摸，唏噓不已。那女營業員死死地盯著你，是否新近聘來的，我不知道，只知道那眼光盯一個小偷和乞丐差不離就那樣。

你的嘴在喃喃地說，狗日的，這東西穿起來要幾瀟灑就幾瀟灑，得發一部中篇小說才行；什麼時候我才能穿上一兩件這兒的洋玩意！

你的尊容浸透著悲苦與淒涼。我本想說上句，那你就少吹兩句，用心和靈魂去寫人生的苦難吧，可我說不出。

我逃一般地丟下你走了，在大街上我的臉才稍許有些自在。

（這是我第一次為他汗顏，第二次汗顏是他已經是陳書記後的第三年。

那天早晨，我在門房裡當班，所有的人從我的面前過盡之後，我沒看到我們的陳書記。當然，這並沒引起我的注意，這是很正常的事。我交待了兩句門房，準備回保衛科聽我們的科長去「日白」！忽然門房的羅跛子吼了起來：「搞麼事？不准進去！」

羅跛子是四川人，修這個廠時的民工，從腳手架上掉下來摔斷了腰，便死纏著廠裡不放，後來好了就到廠裡守起了門房。

「我找你們的陳矮子！」女人惡狠狠地說。

我的心一跳，陳書記！腦殼裡像風吹麥子一樣，所有的人一晃而過，那株矮胖的麥穗怎麼也沒能跳進整齊有序的田壟裡。

「陳書記今天沒來！」

「沒來？沒來也不行！沒來，我說找你們的廠長！」

「不行，上班後一律不准會客！」

「不行也要行！孫尚銀，你把陳矮子給我交出來！他把我屋裡的人弄到派出所了，我要找他要我的人！」那女人說完就往鐵柵欄上撞。鐵柵欄受驚地嘩啦啦亂響。那女人又要爬門房的窗戶。我趕緊說：「老羅，把門打開，讓她去找孫尚銀！」

「孫尚銀」是我們的廠長、書記大人。情急之中，我沒能顧上「君君臣臣父父子子」這一套玩意兒，「孫尚銀」從我的嘴裡衝殺而出。幸虧門房裡當班的是羅跛子，要是換了另外兩個，那可就是塌天禍事了。後來想起來，心裡還亂蹦了好幾天。

羅跛子聽到我的命令，一下拉開鐵柵欄，那女的就如開圍的鴨子，在廠區進門的大路上嘎嘎地亂叫著，直撲黨委辦公室。

保衛科科長和保衛科第一副科長受了驚嚇，連忙跑出來問我怎麼回事，怎麼把這種人放進來了？神色很是嚴肅。我忙解釋說，她是來找陳書記的，我不讓她進來，她就在外面撞門，出了人命可不是好玩的；再說，不讓她進來，她就在門口亂喊「老總」的名字，要是老總聽到了那還得了！我這麼一說，兩位科長看了我一眼，便趕在她的後面，往黨辦一路小跑。我是保衛科第二副科長，在這種情形下，便也想起了保衛黨的幹部和集體財產的職責，便慌慌地跟隨著兩位領導，一起前往黨辦救駕。

黨辦只有招待員小李。小李說，廠長一來就到車間去了。那女的不信，嚷著要小李把廠長後面的辦公室打開。

「什麼到車間去了，只怕還躲在裡面抱著女人在搞！」

小李還是個黃花閨女，剛下學，進廠還沒三個月，臉一下漲得紅彤彤的，跟杜鵑花似的。

「你是什麼人，到這裡撒野，啊？」小跑而來的科長，肥厚的身子往門口一站，那女的倒是愣了一下。「滾出去！」

我看到那女的不再年輕的臉上，表情從憤怒轉為絕望，再從絕望轉成陰冷。「滾出去？我今天就不滾，都來欺負我，是吧？我這條命，今天就不要了，我跟你們拚了！」說著，她的手裡不知怎麼，便多了一把水果刀。這下發楞的，就轉成了保衛科長。

「你，你別亂來。有話好說！有話好說！」

保衛科長是當兵出身。從他嘴裡溜出的這句話，雖然驚慌，卻也符合程序。不知是從電視上看的，還是在部隊裡學習過。我聽說，他在部隊裡當的是炊事班長，每天都出去買菜，結果就把一個菜農的女兒肚子給搞大了，被部隊發現後，他就地轉業，跟那個女的結了婚，第二年就做了一幢小洋樓。他們講的最多的是說他熄燈號吹了後，還要翻院牆出去和那個女的搞一盤才回來，從沒講過其他的。

「你把陳矮子交出來，我跟他沒完！」

「陳書記打電話說遲一下來。你看，我還沒跟他泡茶呢。」小李在邊上插了一句。

小李這句話，如同一根樹棍子一下捅中了一隻馬蜂窩。那女的忽地抓起小李說的那個還沒泡上茶的磁化保溫杯，狠狠地砸在了黨委辦公室的大理石地板上，在磁化保溫杯的破碎聲中，她一躬身，那張精緻富麗的大班辦公桌便倒在了地上。「轟——」山崩地裂。桌面上的一些小擺設破的破，滾的滾。那兩面紅豔豔的鑲著星星斧頭鐮刀的旗幟，在地上轉了幾個圈後，碰到小李的腳跟，竟然屹立沒倒。

科長與第一副科長到底也不算白當，在我看熱鬧的時候，雙雙搶上前，把那個近乎瘋了的女人兩條胳膊扭到了背後。那女人在他倆的手裡亂跳著，兩人便伸出膝蓋往她腰裡一頂，將她壓到了地上。我看到淚從她的眼裡一漫而出，眨眼間，那張佈滿愁苦的臉再沒有一丁點兒乾爽之處了。

「有話好說！有話好說！」我搓著手不知如何是好，我絕不可能讓兩個科長鬆手，但那張淚流滿面的臉我是怎麼也看不下去。幸好這時，孫尚銀一腳踏了進來。

「在搞麼事？這不是馬二嫂，你來搞麼事的？」聽到廠長的聲音，兩個科長便把馬二嫂從被壓服的位置上提了起來。

「把她放開。出了麼事？」

廠長的這句話，讓馬二嫂如同受了委屈的孩子見到了爹娘，剛站起來的身子一下又矮了下去。這次，她的雙膝落在了地板上，淚在臉上像漫灘的洪水。

「孫廠長，孫書記，孫兄弟，你要救我，你要救我那屋裡的死鬼啊！」

「你起來說。小李，把我的門打開。我們進去坐著說。給馬二嫂泡茶。」

在廠長書記的大辦公室的真皮沙發上，我知道了，原來這馬二嫂的老公先前也是廠裡的，跟陳書記倆一起燒過鍋爐。幾年前回去辦了個小賣部，把日子過起來了。陳書記跟他本來就熟，現在更是三天兩頭就湊到一起。昨天，陳書記一去，兩個人就走了。半夜裡，馬二嫂卻在家裡接到派出所的電話，說他男人在外嫖娼被抓了，讓她拿一萬塊錢去取人，不然，就送去勞教三年。馬二嫂一夜未睡，覺得這事肯定是陳書記搗的鬼，所以一早晨就來找他要人！

馬二嫂一把鼻涕一把淚的訴說過程中，我看見廠長皺過三次眉，而且每次皺眉時都望我一眼，把我搞得很是坐不下去。

「你們去打聽一下，究竟是什麼情況。」聽了廠長的吩咐，我第一個站起來往外走。在要出黨委辦公室的門時，科長在後面喊我：「你個狗日的，一點眼色都沒有，就這麼出去？還不過來幫著把桌子扶起來！」我一聽，也覺得自己真他媽差水平，便老老實實地過來幫著把那張厚實而寬大的辦公桌扶了起來。那桌子真沉，三個人還顯得有些費力，不知那女人是哪來的那麼大的一股力量。辦公桌扶好了，看見小李手裡的抹布，我說讓我來擦。科長又說話了：「走，假搞個鬼！」我一聽，跟他做了個鬼臉，把抹布重新塞到小李的手裡。

我們到保衛科給分管我們的派出所打了電話，陳書記的「徐家爺爺」告訴我們說，是分局搞的，跟他們沒關係。他們兩個，原來開價一萬，後來你們的老陳跟我打了電話，還價到五千。「徐家爺爺」說：「老陳當時就交錢放出來了，怎麼了？」

科長說：「多謝徐所長啊。是這樣的，我們陳書記今天沒來上班，那個男的家屬到廠裡尋死覓活，孫廠長讓我問一下您。好，謝謝啊。」科長準備掛電話，但電話裡還有聲音，陳書記的「徐家爺爺」還有話：「那個傢伙不肯出錢，我當時就聽說了。這狗日的，雞巴著癢，也要看個日子。本來沒得問題的事，這下不出問題了？」

科長說：「那就看您家了。」

陳書記的「徐家爺爺」說：「好好好，我來幫他打個圓場。」

科長放下電話，忽地瞅著我說：「你小子心裡高興了吧？」

「我高什麼興？」

「你跟老子就是假，當我看不出來，你心裡不是巴不得他出事？」

「狗屁，我做夢也沒想過。」我一急，也是粗口了。

「上回廠長就準備提你的，你心裡沒得數？要不是陳書記橫在那裡，那個位置不就該你坐了。剛才孫廠長看了你好幾眼！」

「算了吧，我看你比我還幼稚。廠長那眼神，是不好意思，是覺得自己重用了這樣的人，而當著我的面這個人的底又被別人抖出來了，他自己不好意思，怕我怪他。好了好了。這樣的鬼話，以後再也不要說了，你能讓我在保衛科坐下去，我就要燒高香了！」

晚上回家時，只見陳書記縮在馬二嫂小賣部對面的屋簷下，遮遮掩掩的。我不知怎麼就從自行車上下來了。腳落在地上，才覺得不妥，可又收不上去了，只得硬了頭皮喊了他：

「陳書記！」

他訕訕地往前走了一步，那種可憐的樣子，就像爹娘老子死了三天沒埋似的。誰會想到他也是可以飛揚跋扈的人！

「沒事的，廠裡反應很平淡。」我說。

他抓住我的肩膀，不住地點頭。「其實，我們什麼也沒幹，是別人故意套籠子！謝謝你，你回家吧，別管我！」

套籠子？我的心往下一墜，怪怪的，不知如何說句得體的話，便也點點頭，自個走了。

陳書記是第三天來上班的。

陳書記上班後，天依舊風清雲淡，地仍然草綠花紅，人還是攘攘擾擾。）

好半天你才趕上我，你抱怨我沒叫你。我默不做聲。你也許意識到了什麼。半天，你說，三味書屋在中山路的東端，在老郵局旁邊。我說，沒有，不在那邊，在西邊「刺柱」旁邊。

那根黑不溜秋的半截電線桿子，日本人拿中國人當活靶子殺著玩的紀念物。我記得十分清楚。

（現在，那根黑不溜秋的半截電線桿子是再也看不見了。一切都讓位給了「錢」字。）

你不信，自管自地走。我提醒你大約超過三遍，你不理我，在前面走得頭也不回。我便有意落在後面。為了友誼，我成全了你的固執，慢慢地跟你走。你深深失望後，轉過身來，我就走在你的前面。你白白地多走了一截。

（現在看來，哪裡是他白白地走了一截，真正做無用功的恰好是我。

我寫過去寫過來，我得到的是什麼？他看似走了些彎路，可又怎麼樣？別看在工廠裡，工人敢指著他的鼻子大罵：「你個強姦犯，老子進這個廠時，你跟老子還在勞改農場改造！」便是這樣，對他同樣毫髮無損。

他的老婆一個星期總要來一回廠裡，每次來，陳書記當然是把她引到隔壁小衛的館子裡大喔一頓。小衛的館子挨著我們廠，跟保衛科只有一牆之隔。有次，我也在場，那女人當著我們的面就滾到他的懷裡親個不停。那女人雖說比我大，可跟他比起來，就小多了，差不多八歲吧。這麼個小老婆，成天趴在一個強姦犯的懷裡，撒著嬌，我一想，不去跳樓，真是有點不要臉啊！）

10

沙市的「三味書屋」，是一家私人書店。你說，你和它的創始人有過一點交情。你記得他叫什麼吳建設。發過什麼作品的，你記得很清楚，但我忘了。

這裡又有一個人名，但這個人，我沒有他的任何背景資料，要是打聽一下，肯定也能打聽出來。可這人跟我哪怕那麼轉一點彎的關係也沒有發生過，所以，不敢讓他跳出來嚇著了大家！

你和書店裡的女孩聊得開心得要命。那女孩原本星光斑斕的臉愈發燦爛。那女孩告訴你，吳建設到文湖公園開酒家去了。

可惜，你根本不能領我到那兒去白嘬一頓，讓我領略一回白吃誰不吃的愜意（自從成了陳書記，他差不多每天都在白吃啊！）。我的念頭還沒轉過身來，你們的話題早已轉向，你已開始亂墜天花，什麼馬里內蒂與未來主義，什麼波德賴爾與超現實主義，又是加西亞•馬爾克斯，你真會胡侃。我就想起拿雞毛當令箭那句老話。

那女孩能聽懂你的話嗎？我瞥了一眼，就覺得你們有緣，那女孩差不多要成你的俘虜了。

我開始信了你的牛×，你曾經也許的確是有過很多豔遇的。準確地說，也許應該是你曾經多次地忽悠過以文學為神聖的純潔的女孩們。

（他是天生有女人緣的！那天，他們又去喝酒了，我一個人坐在辦公室裡，羅跛子拿了一封信來，說：「陳書記的信，格老子南京來的。他南京還有親戚？」

我接過信一看，封皮上寫的是「陳××哥哥親收」。這七個歪歪扭扭的字一下激起了我的好奇心。

「狗日的，他們又喝酒去了，只有你老實。」羅跛子說。

羅跛子這話算是抬舉我了。今天還真不是我老實，今天是消防辦的過來了，他們走的時候，我沒動，陳書記親自說：「怎麼，張科長今天不去？走，一起去陪陪我們消防的領導！」我一聽連忙說謝謝陳書記，今天是我當班，要不，真的好好陪陪領導。我已經學得有些乖巧了。陳書記聽了我的話，說：「肖科長，你調一下麼，等一下消防的匯報材料張科長寫起來會更生動一些。」我看到我們科長有些不悅，忙打圓場說：「算了，我把各車間的材料認真看一下就夠了。再說，我又不會喝酒，去了把領導也不見得陪得好！」陳書記還要說，我忙說：「我心領了！」

他們這才走了。羅跛子顯然不知道這個情節，空為我打了一回抱不平。

那封信很多地方都破損了，裡面的信箋紙就跟女人夏天若隱若現的小蠻腰一樣誘惑著我。「跟他拆開看看！」羅跛子慫恿我。我便半真半假地說：「你個羅跛子，沒想到你的偷窺欲還蠻強烈。這是犯法，你曉不曉得？滾到門房裡去看好你的門！」

羅跛子嘿嘿地傻笑著走了，那半裸的信就不停地挑逗著我。把我整整折磨了一個中午。臨上班前，科長和第一副科長回來了。

「陳書記呢？這有他的一封信。」

兩人意味深長地看了我一眼說：「陳書記只怕已經被小姐按得跟豬子一樣在哼了。」

「去按摩了？班都不上？」

「他的膽子比天還大，你不曉得？他把他們帶到自己開了按摩美容院去了。媽那個×，什麼按摩美容院，跟老子就是個妓院。小心老子哪天做他的業務！」

第一副科長說：「你少說些，小心傳到他的耳朵裡去！」

「你什麼意思？現在就我們三個人，你不傳，就沒得人傳！」我憤懣不已。

「你原來不是跟他稱兄道弟，最近你們好像又親密無間了！」

「什麼親密無間？他當他的書記，我當我的小辦事員，他葫蘆裡賣春藥，關我屁事！」

「吵個屁呀？來看信。狗雞巴日的，肯定是他嫖過的哪個『雞』，找他要錢的！」我一看，那封誘惑了我一中午的信，這時在科長的手裡，早已城門大開，那幾張紙在他的手裡亂抖。第一副科長接過信，大聲地念了起來：

「親愛的哥哥：你好。妹妹每天都想念著你，不知哥哥是否也跟我一樣想念我……」

「你讀最後一張。」

第一副科長在科長的指揮下，把前面的翻過去。「哥哥，我在這裡遇到了一點小麻煩，望能速寄五千元錢過來……日日夜夜想著你的你最親愛的妹妹……」

「說不定真是他的妹妹！」我說。

「狗屁，那有親妹妹寫得這麼肉麻的。再說，他八竿子打不著的親戚都搞到廠生活區守的守門房，燒的燒開水，要真有個親妹妹，他會不管？」第一副科長有力地反擊了我。

「他的幾個親戚我們都清楚，每年春節，我們給他拜年都碰在一起。」科長說著，早已用膠水把那封信還了原。「丟到門房裡去。」

我只得老老實實地把信重新交還羅跛子，讓他等陳書記來了交給他。羅跛子說：「我懶管得，你把它塞在窗子玻璃前面，他看到了自己會拿的，我才不管！」

「老羅，你態度不對呢！」

「我就是這麼搞起的。」

「你對陳書記有意見？」

「我沒得麼子意見。」

我只得撥通黨辦電話，讓小李來把信拿走。

這之後，關於陳書記的按摩美容院的話題一下多了起來。

「廠裡他接了哪幾個人？」

「廠長啦，還有就是經銷的幾個有錢的啦。」

「科長，他沒接你？」我問。

「我要是像他那麼會搞錢，還不是第一個接我！狗日的，不知他是不是每天都在跟老孫舔屁股。要不，老孫怎麼會把廠裡的基建全部給了他。三個車間，兩個倉庫，所有的路面和路燈。聽說光路燈，他就賺了三萬。你們看不到，路燈沒亮兩天，不是這個破，就是那個熄。狗日的，全都是水貨！」

科長說的是個事實。那天，我去廁所回來，他正跟人量路面，那是個補缺的活。我們每天都從那裡去上廁所，很清楚，也就個把立方的樣子。但那天我聽到他說，跟你算十五個立方算了。對方說，我心裡有數。他們的對話讓我一下剎住了腳步。等他們走了，我才敢從倉庫的那面牆後出來。望著那被水泥糊平的地方，心裡有種說不出的慌。事後驗方，哪裡還說得清楚！再說，廠裡為何一個人也不派，就由著他們雙方呢？

真如他們說的，這種樣子，如果不搞鬼，那你就是個豬！）

你們又聊稿費漲價。我有些不識時務，我說，稿費沒紙張漲得高，報刊雜誌趁機榨我們。

你們的談話便中斷了。（後來，我吃嘴巴的虧多了，便懂了沉默是金。）

那女孩想和我談，我假裝看書。書實在沒什麼看頭。

臨走，那女孩和你打招呼再見。我回過頭，她在笑，美麗的青春痘閃爍著絢麗的色彩。衝你，還是衝我？（有這樣的想法，說明我也是輕薄的東西。）

11

肚子實在有些餓了。早晨，我買了二兩素麵條你吃了，你就和我到車站等車。

你約了位女孩的。

先一天，我準備回到寄居處睡覺的時候，你繪聲繪色地告訴我，那女孩如何如何，一大堆形容詞使你的嘴噴得唾沫四濺。你說，是以我的名義。你狡黠地笑，等待我感恩。

房東的屋子，這一夜很溫暖。

我到對面的預製品廠揀了一大堆小石子，嚴嚴地塞了門縫，一絲風不透，一條馬其諾防線。已經有幾隻小老鼠在打我三角七分錢的餅乾的主意了，夜深人靜，我總聽到那只木箱發出「嘣嘣」的響聲。現在有了女孩，生命不覺有了些意義……我胡思亂想地把這一夜渲染得香氣四溢。

可惜，我們等過了所有的車，那女孩連影子都沒有。早晨分外地冷。

（很明顯，他不過是為了堅定我出錢的決心而已，可當時他的謊是那麼溫柔，令我心搖神迷。）

我們一邊失望一邊等公共汽車（傻瓜，失望的只是你自己。瞧著你那副被玩弄於股掌的蠢樣，他不知多得意呢！），思緒就百無聊賴地想到很久以前，那時候，我曾經被人愛過（人在這樣的時候，是很容易傷感的，一傷感，就不免懷舊。），但此時想起來和那女孩最清晰的映射，就是我們共同吃過一回荊州城的夾心鍋塊的畫片，我便約你去吃夾心鍋塊。

你說：「味道不錯，特別趁熱吃，冷的和熱的味是不同的。」

我說：「你最好躲到蒸籠裡吃。」

你說：「你不喜歡吃鍋塊。」

其實，你是嫌站在大街上啃一塊又黃又糊的餅子寒酸，我的心承受著你給我的百分之百的味道純正的沒趣。

（對比後來的沒趣，先前的這一次實際上算不了什麼。

那天，區新聞中心的李主任過來了，陳書記不知忙什麼去了，把他一個人晾在自己的辦公室裡。我去找小李領辦公用品，一下就走不脫了。

李主任說，自從荊沙合併之後，江陵縣遷走了，荊州區一直沒有自己的宣傳陣地。荊州區的經濟、文化、教育等等工作近幾年取得了輝煌的成就，卻得不到及時的宣傳，為此，經過多方努力，現在成立了新聞中心。他希望我能為他們多寫稿。說著說著就掏出一個紅本，在上面填了我的名字，正式聘請我為特約記者。我不好意思推脫，就跟他東一扯西一扯。好在也是熟人，便扯到了吃中飯的時候了。我問，陳書記安排沒有？李主任說安排了。我要走，他死活拉著我不放，說：「就一起吃吧。」

正說著，李主任的電話響了。李主任對著手機好了幾聲，關了機對我說：「走，催來了！」我說：「您還是一個人去吧，我去可能不合適。」李主任說：「你怎麼了，就算陪我吃餐飯，還辱沒了你不成？」話到這份上，我就不好不去了。

我們打了「的」，沒幾分鐘就到了。陳書記一見我，臉上有些不快。李主任也覺察到了，忙說：「也不知你請的什麼人，我讓小張陪我！」陳書記便沒做聲，在頭裡走進一間包房。

包房裡滿桌的菜已經上好了，碗擠碗，盤壓盤。兩個男的和一個女的早已坐到桌前，面前的酒杯裡也斟滿了酒。其中一個男的我認得，就是在廠裡包基建的頭。

「來來來，我跟你們介紹。」陳書記指著我不認識的那個男的對李主任說：「這位是南門外的大哥，江湖上人稱『蓋爺』。」又一指我認得的包工頭說：「這位是周大老闆，資產上千萬，蓋爺的鐵哥們。」然後指著李主任說：「這位是區新聞中心的李主任，是區委書記的大紅人。」

李主任在陳書記介紹完後，向兩位一抱拳，說：「幸會，幸會。」那兩位在椅子上欠了欠身子，說：「好說，好說。」大家便入了席。陳書記首先舉起杯，說：「小弟不才，今天能夠認得『蓋爺』，實在萬分榮幸！首先我敬『蓋爺』一杯。」說完一飲而盡，然後叫我給他斟酒，我心裡非常反感，但轉念一想，吃人家的，當然得聽人家的使喚；再說，權當是體驗生活吧。這麼一想，便拿起酒瓶，積極地配合了他。他把我給他斟滿的酒又端了起來，對包工頭說：「感謝周老闆讓我認識了『蓋爺』，也感謝我們多年的合作。來，我敬你！」他這次喝完了，我立即給他斟滿，他端起來敬李主任。「李主任，我們是老朋友了，感謝你一直以來對我的幫助，更感謝你今天能來為我捧場。我敬你！」說完，第三杯酒也灌進了喉嚨。然後，他們就你跟我喝，我跟你喝。三瓶酒就下了肚。這時，「蓋爺」忽地把坐在他身邊的女的抱到自己的懷裡，說：「老子今天才從監獄裡出來，認得各位也算是個緣。要說緣，我跟敏敏才真的算是緣。我們十四歲就做了夫妻，今年老子已經三十四了，她還在等我！敏敏，老子坐了十年牢，你沒偷過一回人，你讓我親親！」說著兩人就親起嘴來。陳書記一見，帶頭鼓起掌來。

「原來是嫂夫人，我不好意思問得。來，嫂夫人，我敬你一杯！」陳書記熱烈地舉起酒杯，可那女人在那男的懷裡緊緊地偎依著，並不看他。

「她不喝酒的，要喝，你跟我喝。」「蓋爺」把自己的酒杯端起來，猛地跟陳書記一碰，那酒杯便在蓋爺的手裡碎了！陳書記忙命我去拿酒杯，等我過來，他們已坐到了沙發上。

「你的那點事，包在『蓋爺』身上。」包工頭一邊剔著牙齒，一邊笑咪咪地說。

「小周，當年你跟著我，是我的馬仔。現在，你成老闆了，我叫你小周，你生氣不？」「蓋爺」乜斜著眼問。

「蓋爺，你還是叫我『周兒子』吧，我這輩子都是您的馬仔！」

「我曉得分寸的，現而今只怕跟十年前不同了。不過，南門外還不見得不聽我的。你的那個什麼美容院，從今天起，你放一百二十個心，紅道黑道都不會再動你一根毫毛了。」

「謝謝蓋爺！規矩我曉得的，周老闆都跟我說了，我一分不少！」

「你！」陳書記的「蓋爺」忽地指著我說：「小子，你放清白點，你是不是想跟老陳過不過去？」他的這一斥問讓我的汗一下就出來了，腦子飛快地轉著是「威武不能屈」，還是「識時務者為俊傑」。筋還沒轉過來，陳書記開了口：

「蓋爺，你誤會了，他也是我的兄弟！」

我一聽，當時只差把他抱到懷裡親一口了，便用充滿感激的眼神把他凝視了半刻，眼圈微微地潤了。然而，當我走出那間包房時，受辱的悲憤一下灌滿了胸膛。

陳鍋爐，你好毒！）

那女孩沒來，在我強烈堅持下，最後的一班車，終於也走了。就如此泯滅了那個「夢」，泯滅那不能抑制的「奢望」。無可奈何，你說到沙市去玩，我們就如此來到了沙市。

現在已是下午三時四十分了，肚子實在有些餓了，它應該餓了。

我們踏進一家並不顯眼的餐館。自斟自飲的店老闆放下酒杯，拿出油膩膩的菜譜。我坐下來，你站著，我們一起看。顛顛地把菜譜看了個遍，大半天我們出不來聲。

俗話說：人是英雄錢是膽。沒了膽的英雄就是狗熊。飛漲的物價面前，我們那點可憐的工資，怎麼可能撐得起那麻雀般的膽子！

店老闆下到廚房，大約是去關照師傅，生意來了。

你連忙說，太貴，我們走。

（他是最會算計的，記得有一次下班時，他從小衛的館子裡出來，跨上摩托車，不想彎轉急了點，提在手上的一個塑膠袋掛在摩托車上，破了，塑膠袋裡的湯湯水水，灑了一地，一路都是雞肉的香味。一個女工從我的邊上騎車而過，怨毒地罵道：「狗日的，又吃又帶，吃了跟老子爛腸子，屙不出來，脹死他個狗日的！」

說實在的，我也巴不得他脹死，可是他偏是福也發得不算太醜，肚子的幅度恰好顯出福貴人家的樣兒，就不往大裡去了。

他家裡來了客，他哪一次都是在小衛的館子裡拿的。他當然有他的道理。小衛的館子，說白了就是以他的名義，讓廠長的兒子從廠裡好拿錢。這幾乎是一個公開的秘密。館子是小衛開的，廠長的兒子卻是大老闆。廠裡的正科級幹部都可以在那裡簽單。每天中午、晚上，從小衛館子裡進進出出的都是廠裡的大小幹部。小衛每個月拿到廠裡報的條子，就跟飛舞的雪片似的。我在修機的時候，工人們氣不過了，就說，狗日的，小衛館子裡的水龍頭流的都是老子們的血啊！

陳書記自然比我們知道的更多，所以他的心裡不平衡。他一不平衡，哪裡還管工人是怎麼想的，就像廠長哪裡管他是怎麼想的一樣。）

看來，我們真是那麼回事。但我仍不能判斷，你是心疼我的錢來得不容易，還是知道我的老底，兜裡沒倆子蹦噹？這是原來的括弧，我這人耳根軟，是個極易受蒙蔽的人。只要別人偶一示好，就恨不得把褲子脫了給別人穿！

我想站起來，卻沒動。

你繼續說貴。

我偷眼瞥了一下老闆桌上的燒雞、滑魚片……嚥了口口水，硬了頭皮，紅著臉站起來，剛邁步，老闆恰好出來，我感到一時間氣短心慌，口裡喃喃地說，我是窮光蛋，吃不起……

站到人行道上，我怎麼也自在不起來，扛著網球拍，一搖三晃想掩飾自己的尷尬。

我說我從來沒有豔遇，為了擺脫尷尬，我想起肩上扛的網球拍。這是我認不得的如花似玉的女孩送給小狗的。小狗無處可存，便放我那兒。

（這又是一個人名，這個人也是一個文學愛好者。當年他寫的一篇小說，名字叫《狗日的肚皮》。那年月，劉恒的《狗日的糧食》正紅著。從他寫這篇小說其實就可以看出他是一個善於鑽營的人，果不其然，幾年的歲月之後，他在當時的陳主任領導下，通過不斷地寫通訊稿子，混到了總廠一分為四後他們廠的廠辦主任，在破產中大撈了一筆。

我說的那個如花似玉的女孩，後來成了他的老婆。他還在跟我一樣爬格子時，那如花似玉的女孩趕到我住的地方，把他罵得狗血淋頭。他撈了一筆後，那女人在廠宿舍老遠就嗲聲嗲氣地喊：「老公，快來打麻將，我幫你把位置都占好了，我跟你先碼牌呀！」那天，我也不知去那裡幹什麼，恰好聽到了，讓我回來牙板酸了三天。）

為了你約的女孩，我扛了整整一天。

（我總是容易上當的。記得是在家裡過了一個星期天，星期一去上班，卻不見了科長。就見第一副科長跟陳書記倆在無人的地方，不知說些什麼。我問第一副科長，他含含糊糊地不跟我說，我有些生氣，說，不說我也猜得到，不過是些見不得人的勾當罷了。

果然，遮了一個星期，我終於知道了。原來我們的科長見陳書記在外面彩旗飄飄，有心效仿，便跟車間的一個女工搞上了，沒想到被人撞見。那女人的老公星期天叫了幾個混混，把我們的科長在家裡狠狠地修理了一頓。據說，臉上很是不雅觀了。聽說，那女人的老公開價十八萬，否則，就要下科長的膀子。科長這麼多年的保衛科科長也不是白當的，最後出了五千塊，事便擺平了。

「哼，你不說，不說現在我也知道了！」我很是冒火，在保衛科當面質問第一副科長。「平時嘴裡總是稱兄道弟，你這是兄弟搞的事？」

「這有什麼好說的，又不是什麼光榮的事。再說，我們三人，他是老大，我曉得就行了，跟你說了，不是讓他在你的面前把面子也掉了！」

他的話一出口，我就沒了氣。不過，一個月後，科長要來上班的時候，第一副科長卻通知他，在家裡靜候處理意見。又過了幾天，正式結論下來了，說科長出了這種事後，影響極壞，不再適宜當領導幹部！科長一氣之下，辦了退職手續走了人。第一副科長便順理成章地當上了保衛科科長。

當紅頭文件下來的時候，除了上面的那些，我發現在我的名字底下，竟也有一大段話。說取消我的副科長稱呼，目前暫時仍在保衛科協助工作，享受副科長待遇。我搞不懂為什麼這樣對我！

想起這一個月來，第一副科長與陳書記密切地鬼鬼祟祟，忽地惡了心。我跟科長打了個電話後，把一張辭呈交給了黨辦。

第二天，辭呈便批下來了。我走的那天，他們都藉故躲開了我，只有羅跛子從門房裡出來，送了我兩步。）

12

我們終於在一家餐館坐下來，小得只能放一張餐桌的空間，我的心踏實而又滿足。

你說只炒一個菜，我便點了青椒炒肉絲。你說來一碗湯。老闆便端來了一個大碗公，菠菜在泛著油花的水裡晃蕩，有幾片蛋花浮在上面，煞是好看。

你說不喝酒，我們便開始等飯。

等得有些心煩之後，等得肉香和蛋香散得差不多的時候，飯才端上來。有糊氣從裡面沖進鼻腔，卻不見筷子。

我抱怨地說了一句算不得話的話，老闆便不高興。把滿臉的肥肉繃得緊緊的，陷進去的小眼睛射出陰鬱的光芒，大手橫抱在胸前，肚子努力地支撐著泛著油光的襯衫，西服擺退到背後。

你拉了拉我的衣角，用老闆聽起來類似黑話的聲音對我說，算了。於是，我艱難地從牙縫裡把笑擠出來，塗抹在臉上。老闆厚嘴往外一咧，走了。

「兩個人就這麼一點菜吃得好？」

一個中年肥婆突然出現在我們桌旁問我們。

此店名曰「夫妻店」，我進來的時候注意過。此刻問我們的大約就是老闆娘了，那有糊氣的飯肯定是她的傑作。她的雙手在圍襟上反覆擦拭著，全沒有她丈夫的兇惡，一臉和善。

「你們是鄉里上街來的吧？我看得出。不過在我們這，你們儘管放心，絕不宰你們！」

你和我都沒做聲。但我忽然間明白了所有問題的癥結。城市還不願接納我們！可我們不管，我們來了，誰叫你改革、開放還搞活呢！（十幾年下來，我可能還有些鄉巴佬氣，可是我們的陳書記，誰還會把他跟鄉下的泥巴腿子聯繫在一起？）就像此刻肚子餓了一樣，讓人感到真實，我們來了，你無法抗拒。

（有些事真的是無法抗拒的。就說我跟我老婆吧，我們經過了兩個月的冷戰後，昨天晚上，她忽地從她的被窩裡拱進我的被窩裡，一把抱住我，把臉死死地抵在我的背裡。

我再賤，這個時候也要擺一下譜，便不理她。她把我抱得有些受不了後，我說：「喂，你說對我沒興趣，就沒興趣了；你現在有了興趣，就有興趣了？」

那貼在我脊背上的臉，在我的冷嘲熱諷裡抽泣起來。淚立馬就透過我的睡衣，涼涼的。我不得不扳過她的臉，說：「怎麼了，想通了？」

她說：「你個死東西，哪個真的是想跟你離。你沒看你每天坐在電腦前的那個死樣子，我還以為你在外面有了人，看著我煩了呢！」

「我看你是閒得沒事搞。」

「她們都說，四十的男人一朵花。她們說，你現在大小也是個作家了，你肯定會變心的！她們說……」

「她們個屁。她們是哪些人？她們要你死你死不死？自己不長腦子？」

「你就是天天對我冷麼！」

「是啊，那是我外面有人了麼。」

「你敢有人，你要在外面有了別人，你看我不，不……」

「不怎麼了？你還殺了我不成？」

「不，你要有了別人，我就去死！」

我不得不把她攬進懷裡。哎，這個跟我已經十五年的女人，怎麼還沒長大？

她在我懷裡喃喃地說：「我好怕，我試著想了想沒有你的日子，我一個人就跟掉了魂似的，所有的人，所有的熱鬧都顯得毫無意義……」

「你為什麼又相信我在外面沒有人呢？」

「要是你真的在外面有了人，我說跟你離婚，你還不喜死了。這兩個月，我看出來了，你是真的愛我的。對不起！對不起！」

她就像一頭豬一樣地往我的懷裡不停地拱。我擁著她，忽然想起一句話：女人是世界上最複雜的動物。

（幾天後，我的女兒順利地考取了她理想中的高中！）

所有的菜吃完了，開始分肉湯，又分菜湯，完了，結帳共花了八元五角三分。那三個一分的硬幣，我輕輕地放進老闆攤開的手掌心，然後提著網球拍走了。

出得門來，你悵然地對我說，牛肉真香。

我趕緊抽動鼻子，深深地吸入一口。是的，牛肉味真香，在這條餐館挨著餐館的小街上飄蕩著。早晨買夾心鍋塊的時候，我曾經為牛肉麵條動過心。你沒說，其實我希望你說。我現在不希望你說，你卻說了。

是的，牛肉味真香！

我們一邊走，牛肉味便一邊追我們。

這時候，西天流淌著一路的血，喧嘩而又躁動的星期天就要沉入黑夜了……

（我忽地想起了文頭的「風景畫」三個字。「西天流淌著一路的血」在畫家筆下，要算是絕美的「風景」了。正如老卞說的：你站在橋上看風景，看風景的人在樓上看你！

那時候，我正做著詩人的夢，多半是讀了老卞的詩後，心生感慨，所以給自己取了這麼個名。只是我們成為別人的風景時，付出的是如此之多的辛酸和血淚啊！）

一九八九年仲秋

（倏忽之間，輪到再一次簽名，竟也是仲秋時節。只是年份卻已是另一個世紀：二〇〇六年矣。）

趙敢的歌和他的哭泣

趙敢不承認自己狗屁用也沒有。他想，我怎麼沒用？我是四級鉗工，要不是文化課通不過，說不定早過了六級，這大家都曉得。趙敢只承認自己喜歡喝酒不對，可是，男人都喝酒。他想，自己喝酒，一不醉二不耍酒瘋，怎麼就不行？自己喝了酒喜歡念詩，這有什麼不好？自己讀書少，平時口都開不了，喝了酒念幾句詩，也算是學習，怎麼就讓她傷了心呢？

舉杯邀明月，對影成三人。

這就是趙敢念的詩。多好的句子。他想起弟弟說過的另一句話：煙出文章酒出詩。趙敢想，自己不會寫詩，自己的酒算是喝浪費了，酒到古人的肚子裡變成了詩，到自己的肚子裡，最後成的是一泡臊氣薰天的尿。

趙敢念詩的毛病得從他弟弟說起。他弟弟上了大學放假回來，和幾個同學在家裡鬧著便喝開了酒；趙敢當時在場，也就跟著喝了。喝著喝著弟弟豪情勃發，就在酒席上念起了李白的《花間獨酌》。趙敢一聽便喜歡上了，喜歡上了，就開始喝酒，喝了酒，就學弟弟的樣子也念詩。

他和李鳳英結婚後，第一次喝了酒手舞足蹈地念起詩來，把李鳳英嚇了一跳，不知他有什麼毛病，忙忙地趕到婆婆那裡去問，等知道了原委，就再也不准他瞎喝酒了。在家裡，李鳳英每次只允許他喝二兩，李鳳英給趙敢定的規矩是：超過一兩，罰洗碗、拖地一個星期；超過二兩，罰洗衣服、燒火一個星期；超過三兩，不准上床，睡地下。

除了那次想弟弟喝了一斤二兩外，趙敢一直遵守著李鳳英的規矩，但是，他過四十歲生日的那天出了意外。

那天，李鳳英忙前忙後照顧著客人，顧不上趙敢了。四十歲的趙敢坐在自己的壽宴席上，被龔四和小田左右夾著。先是小田給他敬酒。小田說，趙敢，祝你生日快樂。趙敢猶豫了一下，端起酒杯對小田哈了腰，說：「謝謝田班長。」便一飲而盡。趙敢酒杯一放，龔四立即給他酌滿，也說祝你生日快樂，說了就催他喝。趙敢端起酒杯，左右看了一下，有些為難。龔四說：「趙敢啦，小田給你敬酒你就喝，他是當官的是不是？我這個不當官的給你敬酒，你就不給面子？看不出你還是一個拍馬屁的傢伙！」龔四的話比砍趙敢一刀還讓趙敢難受，趙敢趕緊賠了笑臉，說：「別、別，我喝。」趙敢一仰脖，一杯酒吱溜一聲從喉管壁上滑過賁門，然後進到胃裡。龔四手裡的酒瓶在趙敢放下酒杯的剎那，立馬又揚起，白亮的酒便再一次斟滿了趙敢的酒杯。龔四使了個眼色，小田會意地再一次端起酒杯，說：「趙敢，這一杯我代表車間主任……」趙敢一聽車間主任四個字，有點驚慌失措，話也不知從哪說起了，端起酒杯只一個字，喝，我喝。在龔四和小田的輪番勸說下，兩瓶酒不知不覺就進了趙敢的肚子；小田便也不知不覺滑到了桌子底下，哇哇地下了一大窩「豬娃子」，而龔四還在晃著腦袋要趙敢喝喝。這時，李鳳英聽人說了才趕過來，一邊把趙敢從桌子上揪下來，一邊向龔四賠著小心，忙央人送小田回家。這一頓忙下來，讓李鳳英氣得不行。

晚上睡覺，李鳳英不讓趙敢上床，要他滾到外面睡屋簷。趙敢說：「今天我是壽星。」李鳳英說：「壽你個頭，你在外面好好地去受。」趙敢跟李鳳英從來是不回嘴的，這次回了嘴，心裡有些慌，便老老實實坐到屋簷下。他曉得自己錯了。自從那次喝了一斤二兩後，他向她保證過再也不瞎喝酒的，什麼時候都不瞎喝。今天比上次還多，肯定是瞎喝。瞎喝了酒就壞了規矩，壞了規矩就應該受罰。李鳳英要他睡屋簷是按規矩辦事。

趙敢搬了吱吱嘎嘎響的竹躺椅，躺到屋簷下，蚊子嗡地就飛過來了，趙敢把自己的大巴掌在大腿上拍得劈啪亂響。拍了一陣，不知是被拍怕了，還是被他的酒氣薰的，蚊子對他再也沒了興趣。這時，趙敢就看月亮，月亮在雲裡走著搖搖晃晃的小步，星星在旁邊唱著歌；再看地上，地上的樹一晃一晃的，像老戲裡的戲子甩動的大袖。趙敢就覺得睡屋簷也蠻有意思的。看著看著，趙敢忽然覺得喉嚨發癢，就想唱兩嗓子。唱什麼呢？他想了半天，覺得沒有什麼歌好唱，就想先前念的舉杯邀明月的詩來，剛要開口，兒子最近讀的床前明月光也跟著往嘴裡擠。他想，它們是不是一回事呢？他想了一會兒，沒想清楚。心說：「管它呢，我就唱他們兩個人的。」

床前明月光，疑是地上霜。舉杯邀明月，對影成三人。

趙敢的歌聲是猛然響起的，李鳳英聽到他狼嚎般的歌聲，爬起來在窗戶邊上說，你還會哭？你在哭什麼？趙敢沒理她，自己明明是在唱，她卻聽成了哭，好沒意思。要是哭，他趙敢怎麼會哭床前明月光？他要哭只會哭他的爹哭他的媽。他不是在哭，他是在唱。他又唱了兩句，胃裡燒了起來，便只好停下來去找水喝。他在公共廁所的水管子底下喝了二十捧水後，再到屋簷底下，他躺不下去了，坐在屋檐溝的坎子上，趙敢真的哭了起來。

他越哭越傷心，聲音越哭越大。李鳳英趕緊打開門，揪著他的耳朵把他拉進屋裡。你有神經病，丟人現眼。她把趙敢按倒在床上，趙敢的頭一挨枕頭，就睡死過去了。

這一夜李鳳英是不是跟他睡的一張床，趙敢不清楚。第二天他在枕頭上睜開眼時，太陽已經晒在他的屁股上了。趙敢喊了一聲李鳳英，沒聽到她的聲音，二十二平方米的屋子這時顯得有些不著邊際的空蕩。趙敢憋著一泡尿衝向門前的公共廁所，他屙了尿回來，在外面還是沒看到一個人。要是往常，總要看到住在倉庫那頭的老秦，老秦的腿部不方便，天天遲到。今天老秦的門口跟水洗了一般。趙敢一想，連臉也不敢抹了，關了門就往廠裡趕。

不，不能說趙敢往廠裡趕，趙敢急匆匆趕去的地方現在叫公司。沒改制才叫廠，改制了就叫公司。他們的車間也改了名，先前叫機修車間，現在叫維修部。

維修部裡，機床和散落在地的零件都幸災樂禍地看著他，生硬的鐵銹味比哪一天都濃，嗆得趙敢打了一個噴嚏。一根螺杆趁機絆了他一下，他往前一栽，差點摔倒，踏得地上的零件亂響，灰塵湊熱鬧似地揚起來，滿天亂飛。趙敢嚇了一跳，小心地往四間辦公室瞄了瞄，開著的門像啞巴的嘴沒有走出人來。

「龔四！」

趙敢輕聲地喊了聲龔四。趙敢只能喊他，除他之外就沒有人了，另外的都是領導。領導可不是趙敢輕易能喊的。狗雞巴領導，有什麼了不起，還不是一樣地吃喝拉撒。想到領導，趙敢就想起龔四的話。龔四沒有出現，趙敢在心裡又喊了一聲，他一路小跑地踏著地上的零件，咣當的聲音撞在四周的牆壁上反彈回來打到他的身上，他的身子便有中彈後的疼痛。維修部的每一個角落他都找遍了，連人的影子也沒一個。他站在地上的零件堆裡，感到維修部好冷。

中秋還沒過，冬天還早著呢。趙敢想。它是大才冷的。

趙敢所在的維修部一共八人。第一位是主任，主持全面工作。哎，又沒說對，這是改制前的叫法，改制後別人可以按原來的稱呼叫，趙敢可不敢，他得按規矩把原主任叫部長。第二位是副主任，錯了，是副部長兼黨小組組長，負責黨組織生活。第三位副部長兼團支部書記，主管共青團工作。第四位副部長兼會計工作。第五位副部長兼管統計工作。最小的一位領導是小田，小田是大班長。小田的稱謂本來也是要改的，小田要求了好幾次，領導們也同意了，但找了半天沒找到合適的名稱，所以暫時就沒改。

趙敢和龔四依舊是群眾。龔四說：「就這屁股大的一點地方，這麼多吃閒飯的，真他媽不是個東西。改制，改他媽的個狗雞巴。」「小聲點。」趙敢嚇得不得了。龔四說：「你怕什麼怕？領導？他們領什麼導什麼？除了領鈔票占個領，剩下的就是吃喝嫖賭！」趙敢覺得龔四不應該這樣說，趙敢向小田匯報，小田只是笑，不理睬他。趙敢不知道他是什麼意思。過一天，龔四找他，看著他怪聲怪氣地笑了兩聲，說：「趙敢，沒想到你還會打我的黑槍！」趙敢說：「我沒有。」龔四說：「說吧，說吧，我怕他們我就是你養的。不要說你跟小田說，你就是跟李麻子說，我也不怕。」

李麻子就是現在的維修部部長，這是龔四背底裡對他的稱呼。

龔四說：「我怕他們？除了李麻子我買他三分帳，另外的幾個人，我屌都不屌。他們算什麼？狗雞巴。就說那個黨小組組長，哼，說我吃喝嫖賭，他除了吃喝嫖賭外，還他媽一口謊話。你以為他狗改得了吃屎？我呸，還不是因為他妹妹跟廠長睡過覺。趙敢，我跟你說，他妹妹的那個×，人見人搗，跟窯洞差不多似的，一點味都沒有；他妹妹是管財務的，廠長正想著法把這麼大個廠劃成自己的，兩個人不上床，那些見不得人的勾當就包不住！這是我說的，你再去告。我再跟你說那個團支部書記吧，我日他媽，這個就是笑話。他要沒過四十歲，你打死我我也不信，只要一看他滿臉的摺子，我就想哭。你也曉得，他是對面毛巾廠的，他們廠是市級單位，比我們高一級，改制時既拿安置費，又買保險；他在那個廠裡拿了錢，現在跑到我們廠裡來，又要再分我們的錢，你說叫人氣不氣！一來就撈了個中層幹部，那也就算了，誰讓他是廠長的妹夫呢，可是千不該萬不該，給他掛個什麼團支部書記。我們這兒，除了那幾台機床還只在二十五年外，哪一個不是過了三十？再說了，他們都是黨員，就我、你、小田三個人不是黨，可我們也不是團啊，他支部個狗屁？聽說他還入了股，我們在這個廠幹了二十幾年，倒成了他的打工仔。你說他媽的邪不邪?!還有那個會計，要不是她弟弟在銀行裡，就憑她，連自己的名字要寫清楚，只怕還得要我給她補補課。那個雞巴統計，我一看就來氣，你也曉得，他是生產廠長的婆娘。他媽的，一天到晚，打扮得像個『雞』似的。狗日的們，去年一次就分了八萬塊錢，一年下來哪個不是三四十萬，心裡還不甘心，還要趁改制把舅子、妹夫、婆娘弄到廠裡來撈一把。市里出台的政策是改制後既要給我們安置費，還要給我們買養老保險，到了區裡就沒有安置費一項了；廠裡說得好，安置費一律買了保險。這就是說，我們要是下崗了，一分錢也沒得！哼，讓他們自己想好事吧！我今天把話說在明處，你想到哪裡告，我都不怕。他們當官的不講規矩，我也不會再跟哪個講規矩了！他們這次得什麼好處，我就要得什麼好處，不難，死人都可以！」

這次談話，談得趙敢心驚肉跳，他再也不敢和龔四在一起了。趙敢其實跟龔四想的完全不同。他覺得領導多有什麼不好，自己反而怕領導少。他想，維修部的領導多，說明上級領導對維修部很重視。可不，生產部換下來的破損件，要是沒有他們的即時修復，正常的生產就會停下來。年底總結的時候，維修部部長說，維修部的修復工作每年能為公司節約三萬塊，當時還表揚了自己呢！

趙敢明白今天一定是見他沒來，領導們才離開維修部的，這都是他的錯。他趙敢不來，領導分派工作找不到人，領導還怎麼待在部裡？現在他的當務之急就是要儘快地把領導們找回來，好讓他們安排自己的工作。

他們都到哪裡去了呢？不會是去向上級領導匯報了吧？要是為他的事讓上級領導也操了心，那他趙敢的罪就大了。他趙敢是個什麼東西，配讓上級領導操心！趙敢越想心裡越慌，就像一百隻老鼠在扒著他的胸，他的心要裂開似的難受。

酒真誤事。懊悔便貼著他的骨頭疼了起來。

領導，你們回來呀，我在部裡。我錯了，你們罰我加班，罰我加班一直加到夜裡十二點！

他蹲在維修部的門口，把眼角隔夜的眼屎摳了一遍又一遍。剛摳完，一個呵欠一打，眼屎又湧出來，他便又摳。眼睛便在他一遍又一遍摳挖中疼了起來。而他又不得不使勁地睜大它們，也是有鬼，呵欠偏是一個接著一個，他越是忍，越是忍不住。他想，自己這樣呵欠巴口的樣子，要是領導看到了，領導一定不高興的。自己遲到了也就算了，來了還打不起精神，呵欠連天，這是上班的樣子嗎？這合乎作為一個工人的起碼要求嗎？他不敢往下想，便狠狠地在大腿上擰了一把，疼得他差點叫出聲來。擰過之後，倒還真有效，呵欠漸漸地少了，可是領導還是沒來。

一上午眼睜睜地就要過去了，領導連個影子也沒在他眼皮上晃一下。

趙敢知道，這個上午如果沒有領導，這個上午他就等於沒有上班；如果這一天沒有領導，那麼，他就只能曠工一天了。維修部規定遲到在考勤上打〇，曠工打×。他不能打×！趙敢一個月的額定工資是二百八十元，按公司規定，曠工一天扣三天。一個月按三十天計算，一天是九元三角三分三，三天是二十七元九角九分九，四捨五入是二十八元整，外加扣除一個月的全勤獎三十元，合計五十八元；而一個〇只扣十元。要是他趙敢被打了一把×，他的二百八十元就會變成二百二十二元。要是趙敢這個月扛一把×回去，李鳳英會怎麼對付他呢？他怎麼想也想不出老婆會使出怎樣的手段，但是，有一點他知道，李鳳英絕對不會放過他。

這不怪李鳳英，錢對於他們家實在太重要了。

趙敢七十三歲的媽每天還要出門去掙錢養活他攤在床上的爹；他三十歲得的兒子，全班就他一個人沒有牛奶；李鳳英在街上擺小攤，日晒夜露了五年，平均每天只能賺五塊錢……他好想好想每個月給他的爹媽一筆生活費，好想好想給他的兒子訂一份牛奶，好想好想給他的老婆買盒蛤蜊油……趙敢想著想著，眼淚就在他的眼眶裡開始不停地打轉，但他馬上警省自己不能哭。到處都是人，他覺得哭會被人笑話，會被人傳到李鳳英的耳朵裡，那樣，他就死定了。他寧願有人把他踩在腳底下當球踢，他也不會哭。他媽從小教過他，男人是不能隨便哭的。

他弟弟跳樓自殺時，他也沒哭。他們說他這輩子虧，說他沒能好好讀書，是因為要供弟弟讀書。趙敢覺得是自己笨，讀不進去，弟弟聰明，他是天生讀書的料。他們說他弟弟跳樓後，他就傻了，說他傻得都不會哭了。趙敢不承認，其實他哭了，他是晚上在床上在他老婆的懷裡哭的。他的眼淚滴在李鳳英的身上，把她的睡衣全都打濕了，最後李鳳英也哭了。那時，他的兒子剛剛過了周歲沒幾天。趙敢記得兒子抓周那天，他弟弟把他的兒子抱在懷裡不停地親，兒子忽地哭了。趙敢以為是兒子不爭氣，誰知他弟弟說是他把他咬了一口。趙敢隨即看兒子，他在兒子的腮幫上真的看到了弟弟的牙印。他呵呵地笑了，說：「你又不是屬狗的？」這是趙敢一生中唯一說得一句帶有幽默味的話。他的弟弟沒有回答他，他弟弟對他說：「哥，不論發生什麼，都要讓他好好讀書！」

趙敢也是這樣想的。

他的兒子坐在荊州城南門小學三年級的教室裡，兩隻荷包蛋似的眼睛拴在他們那個剛從師範學校畢業的班主任手上。趙敢的兒子頭大臉方，見他的人都說他長得是個福相。班主任十七八歲的樣子，她的一舉一動牽得趙敢的兒子像個提線木偶。他的兒子背著雙手，不時地咧開嘴，他正在換牙，滿嘴的豁口，趙敢覺得醜死了。有一次，趙敢在窗外，看到兒子又傻乎乎地咧開大嘴在笑，班主任發現了，盯著他兒子的嘴看，趙敢覺得這下可把人丟大了。兒子發現老師正盯著自己看，慌忙從背後抽出和左手絞在一起的右手，把嘴蓋住；可惜，他的手太小，笑還是從他的指縫裡漏了出來。十八歲的班主任說：「同學們，請坐好。」兒子趕緊把手送回到背後和左手絞在一起，臉上的笑就像一張過期的日曆，被輕易地翻過去撕掉了。兒子表情嚴肅地把聲音融入到同學們之中，大聲說：「坐好了！」朗誦課文。十八歲的班主任又說：「床前明月光，疑是地上霜……」兒子一搖一晃的讀書聲，便穿過窗玻璃拍著趙敢的心口。不知為什麼，他的心口忽地熱呼呼的。趙敢覺得心口熱呼呼的感覺真好。

他一有時間就去南門小學的教室外看他的兒子，聽著兒子的聲音心裡就不慌；但現在他坐在沒有領導的維修部門口，心裡慌得要命。

趙敢要去找領導。

他真的想去找他們，可是他這麼想時，馬上意識到這不是個好主意。他想，要是自己剛一走，領導就回來了，那可怎麼辦？或者他從這條路去找領導，領導走的卻是那條路，又怎麼辦？想來想去，他覺得自己還是只有待在維修部門口保險些；這樣，領導只要想進部裡，無論從哪個方向都能一眼就看到他！

時間太難熬了，趙敢從沒想到時間會變得這麼長，長得讓他要撐不下去了。他不能讓時間這麼無限制地長下去，他得為自己找點事做。可必須蹲在部門口的趙敢能有什麼事可做呢？他想來想去，怎麼也想不出一件可做的事。這一刻甚至連在心裡能夠想的人都沒有。他不能想父母，想到父母，就算自己忍住不哭，可是要流出來的淚卻怎麼也會止不住的；他不能想老婆，想到老婆，那毒辣的太陽、陰冷的大雨、凜冽的寒風、刺骨的冰雪……就在心裡不停地折磨著老婆，他的心便隱隱地一陣疼過一陣；他不能想兒子，想到兒子，兒子的大腦門，就要被他抱在懷裡親上一千遍一萬遍，可是他那麼細的脖子，頂得起他的腦袋嗎？他的心就又慌得要命；他也不能想領導，想到領導，他害怕。誰都不能想，這真是折磨人啊！趙敢絕望得走投無路。他想，要不把頭髮薅一縷下來，然後一根一根把它們數一遍，自己不就有事可做了？要不就把拉鏈撕開，自己再把它修好，這也是一件可做的事啊！就在站起的瞬間，他看到龔四在他的眼前一晃。

啊，龔四！

他激動得在心裡大喊一聲，可等他眨巴了一下眼睛，眼前什麼也沒有。明明看到他了的，可人呢？莫非自己眼花了？他踮著腳四下裡瞄了一圈，便趕緊蹲了下來。他覺得自己這個樣子太過張揚了，萬一領導來了，自己怎麼解釋呢？

重新蹲下來的趙敢忽地發現龔四竟是深深地刻在了自己的腦子裡，怎麼也趕不走了。

趙敢覺得委屈，他並不想想龔四，可是現在好像誰在逼著他似的。

既然這樣，那就想吧。

龔四比領導待在部裡的時間要少得多，他不求上進，吊兒郎當，對什麼都滿不在乎，又不講文明，天只要稍稍有點發躁，他就要打光膀子，他的褲腰低得只要手指一戳肯定就會掉，他在自己已經有些凸的肚皮上，用針扎了個大肚子的彌勒佛，他把他的肚臍眼做成了彌勒佛的肚臍眼，他幾乎隔一天就要和領導吵一回，他總想要領導和他一樣在部裡勞動。沒改制的時候，他還鼓動過趙敢，要趙敢和他聯名向上級領導反映反映。趙敢才沒這麼傻，他覺得龔四連什麼叫領導都沒搞清楚，所以他才瞎鬧。領導有領導的工作，領導們都是通過嚴格考核選拔提上去的，覺悟都很高，他們理所當然不會把自己等同於普通的老百姓，龔四想讓領導們降低覺悟，這不是他理虧是什麼？

狗雞巴不同，還不是一樣的吃喝拉撒！龔四只要提到領導就說這樣的話。現在領導兩個字，更是在他的面前提都不能提。記得上次公司忽地停了工，趙敢當時正開著機床，空氣開關猛地一響，機床就慢了下來，然後死在了那裡。趙敢不知怎麼回事，把空氣開關往上合了又扳下來，扳下來又合上去，機床跟睡著了似的。這時，就見龔四跑進來慌慌地一邊開自己的工具櫃，一邊對他說：「趙桿子，廠裡鬧得都要出人命了，你還在這裡搞什麼鬼。」趙敢從窗子眼往外一看，嚇了一跳，黑壓壓的人，還拉著白條幅，上面用墨水寫的字，一個個都惡狠狠的。趙敢看了一眼，趕緊縮回頭。龔四從自己的工具櫃裡不知拿了些什麼，就忙忙地跑出去了。

這之後，領導們對龔四比起先前來，態度好多了。他不做事，也沒人說他了，他和領導吵架的聲音在維修部裡也就再也聽不到了。

有一天，龔四忽地又找到了趙敢，說：「趙敢，要是減人，減了你的話，那就是瞎了眼。」龔四的這句話，讓趙敢心裡熱呼了好久。但不久，龔四在趙敢的心裡就完全還了原。那天，趙敢到辦公室向柳會計匯報當天收到的廢件數，正好龔四在裡面；他坐在辦公桌上，嘴裡叼著煙，一隻腳踏在統計的辦公椅上，另一隻腳擱在椅背子上，把統計的那把椅子折磨得亂叫。趙敢還沒說完，龔四就打斷了他的話，說：「星期天，我帶小田到當陽市去打了一回豆腐。」龔四的話把趙敢的臉都說紅了。

「打豆腐」，就是嫖妓，又叫「玩小姐」。龔四這話可不是鬧著玩的。小田正在申請入黨，他會去玩小姐？這可是關係到一個人的政治前途的大事，龔四怎麼能信口開河？再說了，柳會計是個女同志，和女同志講玩小姐這怎麼好意思？趙敢趕緊從辦公室裡退出來，沒想到柳會計和龔四在辦公室裡越講越熱鬧。龔四說：「我跟小田是結拜兄弟，我不帶他誰帶他。」啊！趙敢驚奇不已，他們什麼時候成兄弟了？兄弟有這麼說話的嗎？趙敢實在想不過來，莫非，莫非他龔四是想破壞小田入黨!?

小田怎麼能不入黨呢？六位領導中就他是非黨人士，你說他不入黨能行嗎？龔四自己不要求進步，還不允許別人進步。趙敢覺得龔四除了吊兒郎當之外，還有別的更深的東西，但究竟是什麼東西，趙敢一下又說不清楚了。

龔四瞧不起趙敢，這一點趙敢自己看得出來。

有一次他們倆在一起，龔四說：「你那屋一屁股大，一下雨就漏，你是怎麼過來的？」怎麼過來的，龔四才搬進公司修的新樓房，就好像已經忘記了。是真忘記也好，是假忘記也好，反正人家現在是住進了新樓房。唉，那種小棚子，二十二個平方不到，哪是人住的！龔四的話，趙敢不同意。每天早晨醒來，趙敢都會在筷子上，或是洗鞋子的竹刷上，看到一個又一個小蘑菇，頂著圓乎乎的小帽子，爭先恐後地擠在一起，怪有意思的。趙敢的兒子好喜歡，兒子好喜歡，趙敢也就好喜歡。趙敢想，自己要是也有樓房住，還能看得到小蘑菇不成？要是看不到小蘑菇，住在樓房裡有什麼意思！趙敢相信他媽的話。他媽說：「兒啊，我們窮家小戶的，不指望發財，只要有口飯吃，人親親吉吉就好。」趙敢想，對呀，我沒有病，我老婆也沒有病；我兒子沒奶喝，原以為他跟不上的，沒想到小傢伙的成績在班上還是數一數二，還被選了個小組長呢！他就想，只要他們一家人一輩子都像現在這樣好，下輩子還住倉庫他也願意。龔四現在住的房子聽說是幹部房。他有什麼好得意的，背底裡，人都說他是用刀子逼領導逼到手的。你說這話叫什麼話？趙敢不相信，假如真是幹部房，龔四當然是不夠資格，可是住進去的不是幹部的也不止龔四一個人。他們說：「是還有幾個，還不都是上次帶頭罷工的幾個頭頭。」趙敢聽到這裡，頭就麻了。他想，現在這樣的話怎麼這麼隨便就講出來了呢？怎麼就沒一個人來管管？他覺得這都是那些眼紅的人瞎編的。可是再眼紅，也不能說話不負責任啊，領導是這麼好逼的？要是在過去，共產黨員可是連敵人的老虎凳都挺得過來的，哪有用刀子一逼，就沒有了原則的？

趙敢不信，不管他們怎麼說，趙敢就是不信。

趙敢不想跟龔四比，自己能拿什麼跟人家比？

趙敢曉得，他媽說過，人啊，都是命！

最近，龔四不知怎麼買了輛進口的摩托車，上下班，油門一踩就飆出了公司的大門，完全跟領導似的，全身也穿上了名牌。他說趙敢一個月的工資只能買他腳裡的一雙皮鞋，那其實也是他自己的工資啊。趙敢想不明白，他龔四憑什麼這麼說，他這麼說就好像每個月自己拿的根本不是那一點錢似的，好像他已經是領導，工資也是造在另一張表上似的。趙敢有個好習慣，想不明白的事他就不想。

趙敢想起小田有一次說的話，龔四別的都好，就是人稍微矮了一點。在趙敢看來，龔四長得壯實，一點也不顯矮，只是他不能跟他老婆走在一起。龔四跟他老婆走在一起，就會被他老婆顯得又矮又粗，真的有點不當人子了。趙敢覺得女人很奇怪，身高上了一米六五，看起來就高得不得了。小田說：「一米六五的女人，至少得要一米七八的男人配，看起來才舒服。」龔四只有一米六三。趙敢有時候也想，自己不就是一米七八，小田說這話是什麼意思？莫非他是話裡藏話？趙敢這麼一想，心裡先打了一個冷噤。龔四說：「趙敢，別說你高啊，你高有屁用，像根麻桿，你爹跟你起的名字真的沒起錯。趙敢，你什麼敢，你狗屁也不敢，你就是一根沒用的，只能當柴燒的麻桿。」

趙敢以前從沒想過自己的名字爹究竟是為何而起的，聽了龔四這麼一說，倒對爹有些佩服了。爹他怎麼就曉得自己的兒子日後會長成一根麻桿的呢？

龔四算是跟他上了一課。

還有，他們也是說龔四的，說他的老婆在南方當雞。趙敢第一次聽這話的時候，嚇了一身冷汗，心想，這話可千萬不能讓龔四知道了，要是傳到他的耳朵裡，他不把傳話的人剁了才怪。沒想到有一天，龔四親口當著部裡領導的面，說他老婆到南邊吃洋雞巴去了。這又出乎趙敢的想像之外，趙敢看龔四就越發看不懂了。

龔四瞧不起他還有另一個原因，龔四認為他怕老婆。他說：「女人天生就是要揍。」趙敢在心裡從來沒想過有一天，他的手或是他的腳會用力地放到李鳳英的身上，他只要一想李鳳英每天頂風冒雨在外擺攤的樣子，他怎麼也不會想到去打她！他總是想自己在維修部裡風不吹，雨不淋，日不晒，他占了她多大的便宜，她每天把自己打一遍才是對的！

有一天，龔四拉著趙敢說要帶他出去「瀟灑」。龔四說：「『玩小姐』過去的書上叫逛窯子，現在叫『瀟灑』」。龔四的話把趙敢嚇了一大跳，趙敢趕緊要他不要瞎說。龔四說：「你就這麼怕老婆，這麼說一說就把你嚇成了這樣？」他說：「你也太沒出息了，你看小田，原來比你還不如，連個形象也沒有，尖嘴猴腮的，經我一調教，現在出去要風得風，要雨得雨。前天一個人出去瀟灑了一回，回來跟我說，搞的一個小姐還有奶水。」

龔四跟趙敢說了這話之後，趙敢一見他就怕。趙敢忽然想起，這一個月以來，自己就昨天在家裡看到了他，好像在部裡還沒和他見過一回面。他到哪裡去了呢？他是不是沒有上班了？

想到這裡，趙敢猛地明白自己這會兒想龔四，是想讓他來給自己作證，證明自己今天只是遲到，不是曠工。他想，假如龔四已經沒有上班了，那他怎麼辦呢？

這麼一想，黃豆大的汗就從他的額頭上鑽了出來，背心裡一片潮濕，渾身一下爬滿了毛毛蟲。他猛然站起來，他覺得自己再也不能猶豫了，他必須去找領導，他覺得自己再耽擱，這個上午就過去了，到時他怎麼說也是說不清楚的。

他剛要走的時候，姚小麗推著她的那輛用破軸承做輪子的小推車往維修部這裡過來了，一片哐哐哐的聲響。姚小麗是生產部專門往維修部送破損件的。趙敢見了，眼裡一亮，他等了一上午，終於等來了一個可以為他作證的人！他趕緊迎上去幫她把一車破損的零件推進了維修部。

趙敢萬沒想到，她接著就倒在地上了！

趙敢並不是一開始就看到她倒在地上的，他不停地幫著她把車內的零件往外卸，他一直以為她是坐在車子的另一邊休息，等到滿滿的一車破損件漸漸地矮下去後，他才發現她睡在地上的零件上，她的手和身子一抽一抽的。趙敢嚇壞了，忙問她怎麼了，她說她吸不到氣了。趙敢便把手套脫下來，把她的頭抱在懷裡；她的手伸到自己的胸前亂抓，她的上衣就敞開了，兩隻已快乾癟的乳房便從胸罩裡掉了出來。趙敢嚇得把她丟到地上，抓住她還在往外撕的衣服想給她扣上，就在他幫她扣第二顆扣子的時候，龔四和小田進來了。他們一見，衝過來把趙敢掀倒在地。龔四說：「好啊，你個趙桿子，叫你去玩小姐你還套，沒想到你賊膽比天還大，竟然在車間裡玩起來了。」龔四邊說邊往門口跑，他站在部門口往外大喊：

「快來呀，趙桿子在車間裡強姦，出人命了！」

領導們呼地就全站到了趙敢的面前，他們一邊說把姚小麗送到醫務室，一邊說趕快叫保衛科來。他們不准趙敢說話，把他圍起來，就像圍著一隻兇惡的狼似的，好像他們稍一分神，趙敢就會竄起來撲向他們其中的一個。

下班的鈴聲在這時響了起來。趙敢是蹲在地上聽到下班的鈴聲的，他爬起來要回家，可是他們不准，把他左一推右一推，趙敢便再一次跌倒了。這時保衛科來了，他們立即把趙敢交給保衛科，然後整齊地鬆了一口氣。保衛科們一上來就用腳不停地踢趙敢，說：「看你的樣子，老實得在地上舔糠，沒想到色膽包天。」趙敢沒有做聲。趙敢到了保衛科，他們反反覆覆地要他交待強姦的經過，他們問他是怎麼解開姚小麗的衣服的，褲子脫沒脫。趙敢說他不知道，他們就打他，用電棍往他身上戳。趙敢被電棍戳得人往上一聳，就覺得有一隻手在他的肉裡面攥著了什麼，拚命地往外一扯，他便疼得縮成一團趴到地上。他們便在他縮成一團的身子上又踢了起來，踢到肚子餓了，然後才走。

趙敢縮在地上聽過牆上的鍾敲了一次十二響，敲了一次一響，然後又敲了一次兩響。保衛科們便滿臉紅光地進來又踢他。這次踢了後，就再沒人來管他了。

李鳳英來的時候，廠區的路燈已經亮了很久。她在外面屋裡一開口，趙敢就知道是她。趙敢想，老婆可能一收攤就來了。他聽到保衛科們在跟李鳳英講他的事，過了一會兒李鳳英才進來。趙敢看著進來的李鳳英，他小聲地喊了她一聲，沒想到李鳳英對著他的臉就是一嘴巴。我要跟你離婚！李鳳英的手掌還沒有從趙敢的臉上撕下來，嘴裡的話就衝了出來，李鳳英甩下這句話後，轉過身走了。

到了中班下了，保衛科忽地對趙敢說：「沒你的事了，回去。」趙敢沒聽清楚，半張著嘴癡癡地望著保衛科。保衛科又說：「滾，是不是還沒打好？」趙敢這次聽清了，他悻悻地跨出保衛科，站在廠區的大路上，路燈光把他的影子長長地按在地上。他想，怎麼會沒我的事呢？我明明是看到她的乳房了的，我在給她扣扣子時，手還撞到過她的乳房。龔四和小田都看到我摸了她的，怎麼我就沒事了？

他想著想著，腦殼裡忽地就嗡了起來，像開著的機床飛速地空轉著，偏偏這時李鳳英從保衛科走時丟下的那句話，也趕進來湊熱鬧，淚就從他眼裡簌簌而下。他走著走著，一抬頭發現維修部橫在眼前。

這一刻，維修部比他的爹媽還親。他的爹癱在床上，他的媽在街邊的麵館裡幫人家掃地、洗盤子，等天黑了把客人吃剩的剩菜剩飯帶回去給他的爹吃。他回他們那兒，在那間低濕狹窄的小屋子，一股腐臭味就會衝得他鼻子發酸，他一進去，心裡就堵滿了淚。趙敢想，現在我誰也不想，我就在部裡幹活，我要把地上的零件歸類，碼放整齊。他對自己說：「我幹活了，我就會好的。」

於是，他打開燈，打開自己的工具櫃，戴上手套。一個時長時短的影子就在那些冷冷的破損件上或是白灰已經剝蝕的牆皮上倒下去，站起來，伴著鐵與鐵碰撞的叮噹聲響。

天是什麼時候亮的，他不知道。他感到自己的腰要斷了似地在疼，他脫下手套，用手撐住腰部緩緩地立了起來，這時，他猛然看到維修部門口立著一個人影。他嚇了一跳，定睛一看，是李鳳英！

「李——」

他張開嘴，喊了一個字，他看到李鳳英滿臉是淚，他的嘴便閉上了。他一下想起了她在保衛科說的那句話：「我要跟你離婚！」

離婚就是去跟別的男人睡覺。這是連傻子也曉得的，他趙敢可不是傻子。他和老婆結婚這麼多年，連蛤蜊油都沒跟老婆買一盒，老婆是有理由離婚的。

他看著想著，想著看著，兩腿一軟，跪在了地上。

我沒強姦！我沒強姦。我沒啊……

趙敢捂著自己的嘴，整個身子蜷縮成一團。他忽地感到有一隻手撫上了他的頭，他冷得哆嗦的心被一股巨大的熱流擊中了，他一把抱住眼前的人，嚎啕大哭。

李鳳英也哭出了聲，她把他拉了起來，說：「你個傻子，我都曉得了，你怎麼不說出來啊！」哭了一會，李鳳英說：「餓壞了吧，來，拿兩塊錢去吃碗葷麵。」趙敢說：「我只要一塊，就吃碗素的。」說著，他把老婆遞過來的兩張錢，一張裝進自己的上衣口袋，一張塞回給了老婆。老婆在他的手上按了按，說：「快去吃，我走了；再遲，城管的就要出來了，趕在他們上班之前，幸許還能賣件把兩件東西呢。」

趙敢把老婆送出好遠，看著晨風中的老婆漸漸遠去的背影，趙敢感到剛才被老婆撫過的手背，這時滾燙滾燙的。

他往早點鋪子走時，看見一輛超市的宣傳車，用耀眼的大紅顏色畫了像山般的月餅從他的面前疾駛而過，那鮮亮的顏色便一下填滿了他的心。中秋節還有八天呢。他到路邊的小賣部裡問有沒有月餅賣。剛開門的老闆說：「有，昨天進的貨。」趙敢問：「怎麼賣的？」老闆說：「你要怎麼買？有幾萬塊錢一盒的，有幾毛錢一個的。」趙敢愣了一下，小聲問：「有沒有五毛錢一個的？」老闆看了他一眼，說：「有。」趙敢便從上衣口袋裡掏出那一塊錢來，恭敬地遞給店老闆。老闆把找回的一個硬幣先丟在櫃檯上，然後從一個紙箱子摳出一個月餅放在他的面前。趙敢小心翼翼地把這個薄薄的月餅放入上衣口袋裡，他要在中秋那天送給兒子呢。

趙敢用剩下的那個銅子買了個饅頭，就著維修部的水龍頭吃完了，又等了會，部裡的領導和龔四才來。一來都看著他笑。趙敢被他們看得不好意思了，也跟著他們笑了。龔四湊到趙敢的耳邊小聲地問他：「你到底摸沒摸姚小麗？」趙敢不知道怎麼回答，他們就哈哈大笑起來，然後都走了。等趙敢回過神來，發現剩下的又只有他自己和維修部兩個人了。

姚小麗是第三天死的，他們說她是因為缺鉀。鉀是個什麼東西，趙敢不懂。他想，怎麼就要了人的命呢？他們說，她平時送件過來的時候，手拿零件就抖個不停，這就是缺鉀的典型症狀。柳會計說：「也是的，她的男人不爭氣，下崗了一直沒搞事，沒看她平常和她的兒子在廠裡吃飯，娘母子就只炒點土豆絲；她每次都是等兒子吃了後，自己沾點湯汁，哪裡會有營養，你們沒注意吧！」柳會計顯得很得意，她說：「她的臉看起來跟豬肝差不多，頭髮也在掉，都快拔頂了，手上一按一個坑，一天到晚都跟沒睡醒似的。」龔四說：「趙桿子，你他媽也太黑良心了，姚小麗來死時，還被你吃了一回豆腐。」說了，他們又笑了起來，他們笑了之後對他說，明天你不用上班了。

「為什麼？」趙敢驚慌地問。

他們說這是公司的決定，公司半年前就說過，改制後要人員分流，要減輕公司的負擔的。

這天晚上，趙敢就想喝酒。李鳳英不讓，他大著喉嚨說：「我要喝。」李鳳英看了他一眼，讓兒子到小賣部給他打了一斤白酒。趙敢只喝了半斤就喝不下去了，喝不下去他就去洗，洗了他就去睡。睡到半夜也沒睡著，他爬起來坐到屋簷下，坐著坐著他就想哭，哭什麼呢？他沒想，一開口就是床前明月光，疑是地上霜，舉杯邀明月，對影成三人這四句。

這一夜過後，趙敢醒過來發現自己竟是在籠子似的一個小房間裡，四周是灰白的牆壁，唯一的一個窗子，高得有些離譜。

他撲到窗前，攥著用焊點死的鐵齒，搖了搖，他的手從鐵齒縫裡伸出來，肩被鐵齒勒得生疼，他把五個指頭無望地攤開來，把心底絕望的「不」字，委屈地託給外面的世界。

「我是保證過不再喝酒的！可他們要我下崗！下崗是什麼意思，老婆，你應該是曉得的呀！這麼大的事，還不讓我喝酒？老婆，你不體諒我啊！那次弟弟走了，我喝酒，你還陪我哭呢！我跟你說，他們讓我下崗，我死的心都有，真的，要不是看著兒子和你，我真的就去死了！我可以在維修部裡抓電，我可以在廠長的辦公樓上跳樓，我可以滾到長江裡不再起來……我是沒用，可我也想好了，我可以擺個修自行車的攤子，可以到江邊碼頭上挑沙，我不會坐在屋裡吃白飯的！你給我訂的條約中，也沒有說我喝了酒，把我關起來這一條啊！」

趙敢實在想不明白，若真要關，也不必請別人來關呀，你把我鎖在房裡不就可以！這請人的事，可是要花錢的。想到錢，他就急了。「李鳳英，你個豬，平常總覺得你滿聰明的，這回怎麼這麼蠢了？

就為關我，你還值得花錢？咱們的錢，可是要供兒子讀書的！兒子他讀不了書，我就對不起兒子的叔叔啊！」

外面的世界像死了一樣，也不知過了多久，死了的世界響起嘹亮的乾嚎。趙敢驚得收回了自己的手，他分明感到自己在縮回膀子時，把那些嘹亮的乾嚎，拉成了一個長長的臭嗝，臭嗝便在籠子外面的牆壁間來來回回折轉著，終於被切割成無數的正方形，層層疊疊地透過鐵齒砸在趙敢的臉上。趙敢不情願地抹了把臉，把那些撲過來的正方形抹下來甩在地上。

不，這絕不是李鳳英的主意。李鳳英沒有這麼傻的！

趙敢狠狠地踢起門來——這肯定又是他們。他們是誰？他不清楚。但他不要這籠子似的屋子，他要出去，他要他的工作，他要他的兒子，他要他的老婆，他要他的父親，他要他的母親。

門突然打開，趙敢一愣，門口站著四個裹得只剩兩隻眼睛的傢伙，他們一擁而上，使勁地將他往後推。他倒退了五步，一屁股跌坐在床上，那四個傢伙便將他死死地壓在了床上，扒他的褲子，然後不知什麼東西惡狠狠地扎進了他的屁股，好半天才抽出來。他的眼看著看著就睜不起來了。那四個傢伙，便得意地走了，門在他們的屁股後咣地一聲又關死了。

他一下想起了保衛科，他感到冷的身子，立馬聳滿了雞皮疙瘩，他趕緊抱了腦袋，從床上滾到地上，縮了身子，等著那些踢過來的腳。卻沒有踢過來的腳。這不可能！啪啪。他伸開自己蜷曲的身子，掄起巴掌把自己抽了兩記耳光，他的頭便打擺子般地搖了兩下。

兩記耳光後，他的心才稍稍安穩了些。

小時候趙敢沒少挨打，打他打得最多的當然是他爹了。上班後，直到老婆第一次打他，這段日子，差不多有六七年時間，從沒有人打過他。

老婆打他多半是在床上，在他想和她親熱的時候。打之前先用尖尖的手指，戳了他的額頭，說：「你呀，狗屁用也沒有，一天到晚盡想這號事。」趙敢在忍受指甲的傷害時，嘿嘿地傻笑。在他嘿嘿的傻笑裡，老婆就開始擰他、揪他、打他，便也半推半就地讓他上手。這幾乎成了一套儀式，時間一長，也就習慣了。

後來老婆三天不揪他、打他，他還真有點想得慌。老婆便說他犯賤。

有一回，趙敢挨了揪和打後，小心地問自己怎麼犯賤；老婆身子一旋，把後背甩給他，不說。有一天，老婆出攤和收費的人吵了一架，心情很壞，晚上在床上對趙敢一臉怒氣；趙敢提心吊膽地湊到老婆身邊，陪了笑臉想安慰她。沒說兩句，老婆火了：「說個屁，越說心裡越煩，滾開。」趙敢涎了臉不走，老婆一聲吼，腳就上了他的身。什麼東西！老婆憤憤地怒視了他。這一腳有些重，重得趙敢都有些承受不住了。趙敢看著老婆，心裡委屈得不行。他想，自己可是想讓她散散心，怎麼反惹了她？老婆餘怒未消，說：「像你這種男人，好去死了算了，活著害人！你說，你這輩子對得起誰，啊？你上欠父母，下欠兒子！我跟你說，你欠我的，你到死都還不清！」

趙敢一想，真是那麼回事；可他想不出一個還債的法來。從那天起，趙敢便再也抬不起頭來。

有一天，老婆把他抱在懷裡說：「趙敢，你不要恨我，平時我揪你一下，打你一下，是為你好，是在幫你還債呢。我揪你一下，你還我一分債；我打你一下，你又還我一分債。你這輩子欠我的，你不還，下輩子我還得跟你裹在一起，我才不想呢。我一天揪你一下，打你一下，到死，我們兩人就清了，下輩子就各走各的。」老婆一說完，他忽地感到身子骨一輕，趕緊把老婆的手捉著放到自己的臉上，說：「你揪，你往死裡揪！」老婆真的把他往死裡揪了，他幸福的渾身都顫抖了！

他越來越相信，絕不是老婆把他關在這裡的，可是老婆怎麼不來看他呢？是不是已經跟他離了婚？這麼一想，他嚇得跪了起來，慌地抱住老婆的腿，苦苦地哀告道：「求求你別走！求求你別走！求求你了！」

老婆的腿卻越來越冷，越來越細。趙敢嚇了一跳，仔細一看，自己抱著的分明是那張病床的腿。怎麼會這樣？真的是病床的腿麼？會不會是維修部裡那些等著自己維修的破損件？我今天偷個懶，你們讓我下崗，就是欺負我好說話，我今天不好說話了！他賭氣的時候，聽到了嚶嚶的哭聲。他側耳一聽，聽清楚了，那是姚小麗的聲音。他嚇了一跳。姚小麗明明死了，死了的人，為什麼還會對著自己哭呢？她一定有委屈。是啊，她怎麼不委屈，要死的人，卻把乳房讓一個不相干的男人摸了一把，死了也是不乾淨的。

天啦，我這是做的什麼孽，我連死人的豆腐都要吃，我不是人啊！趙敢深深地譴責了自己後，對姚小麗說：「算我欠你的債吧，你說，要我怎麼還你的債都行！哭聲忽地聽不到了，但趙敢清楚，他和姚小麗之間絕對沒有完。」

李鳳英曾說過，這輩子欠的債還完了，下輩子就沒有瓜葛了。他現在不知自己把李鳳英的債還完沒有，他只知姚小麗的債自己一次也沒還。這麼說，他下輩子豈不要和姚小麗連在一起了？趙敢打了個冷噤。他狗屁用沒有，姚小麗又缺鉀，來生的日子豈不比今生的日子還要難過？

今生的日子，自己上班，不算這回下崗，應該還過得過去吧！老婆每天出去擺攤，的確是讓她受了委屈。街巷裡汽車尾氣帶起的風，把她的頭髮，總是吹得耷拉在臉上遮住眼睛。有一天在街上，趙敢隔著馬路看著蹲在小攤前的老婆，覺得老婆平時還算大的一雙眼睛，小的不成名堂，看起來就像只剩一條縫了。可是，藏在這條縫裡的眼珠，卻比兒子玩的玻璃彈珠轉得還要活泛。老婆最怕城管的突擊檢查，那樣，她就會全軍覆沒，那是滅頂的災難；老婆還怕收管理費、攤位費、衛生費的紅箍箍從小巷子裡竄出來，那樣，她就得從口袋裡拿錢出來倒貼；老婆唯一希望的是有合適的顧客能從她的面前經過，那她就會滿臉堆笑地推銷自己攤子上的梳子、挖耳勺、橡皮筋、髮夾、頭花什麼的。趙敢看了半個小時，也沒看見老婆賊樣亂轉的兩隻眼裡，轉出一絲發亮的光來。她的眼睛跟死魚的眼睛差不多，而額頭上不知什麼時候爬出的幾道深溝，卻盛滿了污濁的汗水，毫不遲疑地一遍又一遍淌滿她的臉頰。

趙敢的淚爬出了眼眶，他的心輕輕地念叨著：老婆，對不起，對不起，對不起……老婆，你來把我從籠子裡放出去吧，我以後再不喝酒了！以後我每天都幫你去出攤！老婆，不要離婚，我求你了！老婆，你要和別的男人睡覺，你就去睡吧！老婆，你夜裡做了惡夢，醒了要我把你摟到懷裡的，別的男人不知道怎麼辦……

他的心沉在黑暗裡，他只想哭，哭床前明月光。他知道他哭得不對，它們一半是兒子的，一半是弟弟的。弟弟的書讀得多，他的那一半他不知道，兒子的那一半他想他得好好想想。想到兒子，兒子的讀書聲便不停地拍打他的胸口，他的胸口像往常一樣，在這時也升起一絲熱來。他看到了教室，可是教室裡沒有兒子的影子，十八歲的班主任也不在，教室裡一片漆黑。他嚇得趕緊站到窗子前。

中秋節是不是已經過了？他握著冷冷的鐵齒問著自己，可自己回答不出，回答不出他就重新哭了。

床前明月光，
疑是地上霜。
舉頭望明月，
低頭思故鄉。

這讀書聲好熟悉，好熟悉啊！是兒子麼？是兒子麼？是兒子！

他長長地舒了一口氣，就看見十八歲的班主任牽著他兒子的小手，後面跟著李鳳英。巨大的一輪月亮，騰地從她們的背後升起來，把她們融進月光裡，她們便披著月光，一步一步向他走來。

他高興地放開攥在手裡的鐵齒，從口袋裡掏出買給兒子的那個月餅，在籠子裡，合著兒子嫩嫩的聲音跳著唱了起來……

釀文學89　PG0759

趙敢的歌和他的哭泣

作　　者	張道文
責任編輯	蔡曉雯
圖文排版	邱瀞誼
封面設計	陳佩蓉

出版策劃	釀出版
製作發行	秀威資訊科技股份有限公司 114 台北市內湖區瑞光路76巷65號1樓 電話：+886-2-2796-3638　傳真：+886-2-2796-1377 服務信箱：service@showwe.com.tw http://www.showwe.com.tw
郵政劃撥	19563868　戶名：秀威資訊科技股份有限公司
展售門市	國家書店【松江門市】 104 台北市中山區松江路209號1樓 電話：+886-2-2518-0207　傳真：+886-2-2518-0778
網路訂購	秀威網路書店：http://www.bodbooks.com.tw 國家網路書店：http://www.govbooks.com.tw
法律顧問	毛國樑　律師
總 經 銷	聯合發行股份有限公司 231新北市新店區寶橋路235巷6弄6號4F 電話：+886-2-2917-8022　傳真：+886-2-2915-6275

出版日期	2012年6月　BOD一版
定　　價	240元

Printed in Taiwan

國家圖書館出版品預行編目

趙敢的歌和他的哭泣 / 張道文著. -- 初版. -- 臺北市：
釀出版, 2012.06
面； 公分. --（釀文學；PG0759）
ISBN 978-986-5976-20-0（平裝）

857.63 101006130

讀者回函卡

感謝您購買本書，為提升服務品質，請填妥以下資料，將讀者回函卡直接寄回或傳真本公司，收到您的寶貴意見後，我們會收藏記錄及檢討，謝謝！

如您需要了解本公司最新出版書目、購書優惠或企劃活動，歡迎您上網查詢或下載相關資料：http:// www.showwe.com.tw

您購買的書名：______________________________

出生日期：________年________月________日

學歷：□高中（含）以下　□大專　□研究所（含）以上

職業：□製造業　□金融業　□資訊業　□軍警　□傳播業　□自由業

□服務業　□公務員　□教職　□學生　□家管　□其它_____

購書地點：□網路書店　□實體書店　□書展　□郵購　□贈閱　□其他

您從何得知本書的消息？

□網路書店　□實體書店　□網路搜尋　□電子報　□書訊　□雜誌

□傳播媒體　□親友推薦　□網站推薦　□部落格　□其他__________

您對本書的評價：（請填代號　1.非常滿意　2.滿意　3.尚可　4.再改進）

封面設計____　版面編排____　內容____　文／譯筆____　價格____

讀完書後您覺得：

□很有收穫　□有收穫　□收穫不多　□沒收穫

對我們的建議：______________________________

____

____

____

請貼
郵票

11466
台北市內湖區瑞光路 76 巷 65 號 1 樓
秀威資訊科技股份有限公司 收
BOD 數位出版事業部

(請沿線對折寄回，謝謝！)

姓　　名：＿＿＿＿＿＿＿＿　年齡：＿＿＿＿　性別：□女　□男

郵遞區號：□□□□□

地　　址：＿＿＿＿＿＿＿＿＿＿＿＿＿＿＿＿＿＿＿＿＿＿

聯絡電話：(日)＿＿＿＿＿＿＿＿＿＿(夜)＿＿＿＿＿＿＿＿＿＿

E-mail：＿＿＿＿＿＿＿＿＿＿＿＿＿＿＿＿＿＿＿＿＿＿